CW00449312

Didier Daeninckx

Caché
dans la maison
des fous

Gallimard

Didier Daeninckx est né en 1949 à Saint-Denis. De 1966 à 1982, il travaille comme imprimeur dans diverses entreprises, puis comme animateur culturel avant de devenir journaliste dans plusieurs publications municipales et départementales. En 1983, il publie *Meurtres pour mémoire*, première enquête de l'inspecteur Cadin. De nombreux romans suivent, parmi lesquels *La mort n'oublie personne, Cannibale, Itinéraire d'un salaud ordinaire, Camarades de classe, Missak, Galadio, Le banquet des affamés, Corvée de bois*, en collaboration avec Tignous, et *Caché dans la maison des fous* (paru en 2015 dans la collection « Sur le fil » aux Éditions Bruno Doucet). Écrivain engagé, Didier Daeninckx est l'auteur de plus d'une cinquantaine de romans et recueils de nouvelles.

À la mémoire de Georges Daeninckx

Un aliéné est aussi un homme que la Société
n'a pas voulu entendre et qu'elle a voulu empêcher
d'émettre d'insupportables vérités.

ANTONIN ARTAUD

CHAPITRE 1

Le train venait de s'immobiliser en soupirant le long du quai, à une centaine de mètres, lorsque la voiture s'était arrêtée à hauteur de la passerelle qui surplombe la gare de Neussargues. Denise en était descendue. Elle avait contourné le long capot noir de la Citroën pour venir déposer un baiser sur le front de Jean-Toussaint, puis elle s'était dirigée, droite, tendue, vers les escaliers qu'enveloppait la fumée blanche de la locomotive. Il était probable qu'ils ne se reverraient jamais et c'était tout ce qu'elle garderait de lui, ce tendre effleurement des lèvres sur sa peau. Maintenant, chaque minute écoulée était une minute gagnée. Il fallait marcher sans se retourner, feindre l'indifférence mais ne rien perdre de ce qui se jouait tout autour. Observer la coupe des vêtements, interroger les visages, écouter les accents, enregistrer les mouvements, détecter le danger, anticiper les contrôles… Au cours des trois derniers mois, la tension extrême qui s'était exercée sur elle lui avait appris à vivre avec quelques secondes d'avance sur le temps ordinaire. Un effort de tous les instants, épuisant, auquel elle devait sa survie. À sa droite, quelques cheminots entassaient des sacs dans un wagon postal. Plus loin, près du tender empli de charbon, le machiniste et ses aides discutaient en grillant une cigarette tandis que tout au long du convoi les voyageurs se groupaient devant les accès aux voitures. Dans les haut-parleurs, une voix grésillante énumérait les haltes jusqu'à Béziers. Denise était montée la dernière, derrière le contrôleur qui lui avait souri de manière appuyée en poussant la porte du compartiment. Elle s'était hissée sur la pointe des pieds pour placer sa valise dans le filet, avant d'aller se blottir sur la banquette de bois dans le coin opposé à la fenêtre. Elle avait sursauté au coup de sifflet marquant le départ, et s'était obligée à garder les yeux grands ouverts pendant tout le trajet, luttant contre l'engourdissement des sens provoqué par le rythme lancinant des boggies. Tout lui revenait par bribes tandis que le rude paysage des Causses défilait derrière la vitre embuée : la place du Théâtre d'Arras et la boutique « À la Maison bleue » que tenaient ses parents avant qu'elle ne soit aryanisée par l'occupant, le refus de porter l'étoile d'infamie, la fuite vers Clermont-Ferrand où habitait une branche de la famille paternelle, les cours de philosophie à l'université, la

14

rencontre avec Dominique et Jean-Toussaint Desanti, qui lui avaient proposé de rejoindre le Mouvement national contre le racisme, dont la principale activité consistait à sauver des enfants juifs en leur trouvant une famille d'accueil. Ils cachaient également des militants en cavale. Quelquefois aussi des parachutistes blessés. En fait, elle était allée voir Dominique, après un cours, pour tout autre chose. Elle souhaitait lui demander comment il fallait s'y prendre pour trouver des clients intéressés par des cours particuliers.

— Vous pouvez travailler avec nous, si vous le voulez. Dans votre situation, vous ne risquez pas plus que ce qui vous attend…

Elle avait donné son accord le lendemain, et sa vie avait changé du tout au tout. Pendant des mois, elle était allée de village en village afin de convaincre des paysans de louer une bâtisse inhabitée pour un prix dérisoire, discutant des heures avec des pasteurs ou des prêtres qui acceptaient, à la fin, de procéder à des baptêmes en dehors de la présence des gamins, nouant des relations avec des instituteurs, des secrétaires de mairie qui lui remettaient les tampons volés dans les bureaux des administrations, pour la confection de faux papiers, de fausses cartes de rationnement…

Quatre soldats allemands, grimpés à bord à la halte de Talizat, s'étaient installés dans le

compartiment mitoyen où ils s'étaient conten-
tés de jouer aux cartes, avant de descendre à
Loubaresse après le franchissement du viaduc de
Garabit qui rougeoyait dans le soleil couchant. Il
faisait pratiquement nuit lorsque le train s'était
arrêté à Saint-Chély-d'Apcher, une gare flanquée
d'une halle à marchandises bâtie à l'écart de la
ville. Les autres voyageurs, une dizaine peut-être,
s'étaient hâtés vers les lumières jaunes, tandis
qu'elle était demeurée un long moment à faire
les cent pas, saisie par le froid humide et l'inquié-
tude. De longues minutes plus tard, une ambulance équipée d'un gazogène s'était arrêtée à
quelques pas. Elle s'était inclinée vers la fenêtre
entrouverte.

— Vous savez où habite monsieur Forestier?
— Le docteur vous attend. Montez, je vous
emmène.

C'est ainsi que cela avait été convenu, au mot
près. Elle avait contourné le capot pour prendre
place sur la banquette de la Ford, sa valise sur les
genoux. Le conducteur se prénommait Marius. Il
avait pris soin de se tenir à l'écart de la ville,
s'engageant au ralenti dans toute une série de
petites voies obscures pour déboucher sur une
route de campagne dont les lacets épousaient les
formes des collines de la Margeride. À plusieurs
reprises, Denise avait cru entendre des gémisse-
ments dans son dos, couverts en partie par les
bruits de la mécanique, les grincements des

amortisseurs. Elle avait à chaque fois jeté un regard furtif à l'homme à ses côtés, mais il était resté impassible. Soudain, en franchissant un pont, un cri perçant suivi d'une longue plainte lui avait glacé les sangs. Elle s'était retournée pour découvrir un visage effrayant écrasé sur la petite vitre de séparation de l'ambulance qui, en se décollant à cause d'un soubresaut de la voiture, avait déposé une mousse sanglante sur le carreau.

— Qu'est-ce que c'est ?

— Ne vous inquiétez pas. C'est un de nos malades… Je devais l'amener en ville. Le dentiste lui a arraché deux dents pourries… Depuis des mois, il n'a plus rien pour calmer la douleur… Faut que ça passe…

CHAPITRE 2

Un quart d'heure plus tard, la clarté de la lune avait découpé la silhouette du village de Saint-Alban-sur-Limagnole, une ancienne place forte d'une centaine de maisons posées sur les contreforts d'où émergeaient les façades austères d'un hôpital et les dépendances d'un château. Le moteur à bout de souffle, la Ford s'était engagée sur un raidillon mal pavé, flanqué à gauche de fortifications, pour venir finir sa course sur une place garnie de platanes, au pied d'une tour massive en grès rose. Un infirmier s'était chargé du malade tandis que le chauffeur poussait l'imposant battant d'une porte cloutée, découvrant une cour en ovale bordée de galeries sur trois niveaux.

— On vous attend au deuxième étage… L'escalier est à votre gauche.

Un homme d'une trentaine d'années, trapu, vêtu d'un chandail à grosses côtes, le regard bleu surmonté de sourcils touffus, s'était présenté en l'accueillant sur le palier.

— Lucien Bonnafé. Ravi que vous soyez arrivée sans encombre. J'espère que vous n'êtes pas trop affamée, nous n'avons que de la soupe au menu !

Elle l'avait suivi dans une vaste pièce très haute de plafond où quatre personnes étaient assises autour d'une table de campagne : Jeanne Bonnafé, le docteur François Tosquelles et son épouse Elena ainsi qu'un photographe du nom de Jacques Matarasso. Denise les avait timidement salués d'un mouvement de la tête. Elle s'était débarrassée de sa valise, de son manteau, avant de prendre place près de Tosquelles, un homme d'apparence joviale, coiffé de deux mèches rebelles encadrant un crâne dégarni. Il avait rempli son assiette d'un potage épais, s'ingéniant à pêcher à la louche quelques petits morceaux de lard dans la soupière. La vapeur avait obscurci les verres de ses épaisses lunettes rondes.

— Pois cassés et pommes de terre de Saint-Alban, ça tient au corps…

Elle l'avait remercié, s'interrogeant sur l'origine de son accent très prononcé, chantant et rocailleux tout à la fois, avant de répondre à quelques questions à propos des menaces qui pesaient sur le Mouvement national contre le racisme auquel elle appartenait.

— Il y a une dizaine de jours, la Gestapo a encerclé l'université de Clermont-Ferrand. Ils avaient une liste de noms de résistants et d'étudiants juifs, des réfugiés de Strasbourg pour la plupart. Un de mes anciens professeurs, Paul Collomp, a voulu s'interposer. Ils l'ont aussitôt abattu devant ses élèves. Tout comme Louis Blanchet, un ami, qui tentait de fuir… Il y a eu plus de mille deux cents arrestations… D'après ce que je sais, il en reste quatre cents en attente de déportation à la prison du 92e régiment d'infanterie…

Insensiblement, la discussion avait dérivé sur la préoccupation essentielle de l'équipe de direction de l'hôpital alors qu'on entrait dans l'hiver : le ravitaillement. Denise écoutait les échanges entre les convives, sans trop comprendre leurs enjeux. C'est Jeanne Bonnafé qui avait lancé la conversation après une plaisanterie du photographe à propos du manque de variété dans l'élaboration du menu.

— Je crois qu'il faut regarder les choses en face, Jacques. Si on compte les sept cent un malades, les quarante du service des enfants du Villaret, les réfugiés de Ville-Évrard et de Rouffach, les effectifs des membres du personnel et de l'encadrement, c'est près de onze cents personnes qu'il faut nourrir chaque jour… On avait encore une quarantaine de vaches l'année dernière, avant les réquisitions de l'armée

allemande. Il en reste combien ? Même pas dix !
Pareil pour les bœufs, les chevaux, les cochons
dont le nombre a été divisé par dix. De sept
tonnes de viande au début de la guerre, on est
passé à moins de six cents kilos cette année.
Le résultat est dans l'assiette. On court à la
catastrophe...

— Ce n'est pas ce que je voulais...

Tosquelles avait volontairement coupé la
parole à Matarasso pour mettre un terme à une
polémique fondée sur un malentendu.

— Tu as raison Jeanne, mais je crois qu'on
arrive à limiter les dégâts. Avec Lucien, on
revient d'une visite de service à l'hôpital de
Montdevergues-les-Roses, près d'Avignon. J'ai
pu obtenir le nombre exact des malades décé-
dés au cours de l'année dernière. Quatre cent
quatre-vingt-dix-huit ! Énorme ! Un tiers des
effectifs... C'est le responsable de la mise en
bière, le croque-mort, qui me l'a donné. Il faisait un peu la gueule, parce qu'à partir de cinq
cents, il aurait touché une prime spéciale...
L'administration ne compte que sur le ravitaillement pour nourrir les pensionnaires, et le résultat se voit à l'œil nu : des hommes, des femmes
qui broutent l'herbe des talus, qui mangent les
racines, l'écorce des arbres, qui se jettent sur les
limaces après la pluie, sur les déjections des animaux, d'autres qui s'automutilent en dévorant

leurs doigts… Et vous savez ce qui inquiétait le directeur de l'établissement ?

Il avait laissé s'installer quelques secondes de silence avant de répondre à sa propre question.

— La perte de rentabilité économique de son asile à cause de l'aggravation de la mortalité ! Moins de malades, c'est moins de prix de journées versés et le spectre d'un plan de réduction du personnel qui se profile ! Il s'est bien démerdé : le préfet va lui faire envoyer un contingent de trois cents aliénés de l'hôpital de Pierrefeu, dans le Var, qu'il pourra faire crever de faim à leur tour ! Voilà où nous en sommes.

Lucien Bonnafé avait repoussé son assiette au milieu de la table.

— On n'a rien à attendre de l'administration. Rien, sinon l'aggravation de cette situation. Ici aussi, malgré tous nos efforts, nous avons eu à déplorer plusieurs dizaines de morts de misère… On n'est pas dans les mêmes proportions, mais s'il n'y en avait plus qu'un, ce serait encore un de trop ! Les cent vingt-quatre malades mobilisés pour la culture des oignons, des raves, des poireaux, des haricots, des pois verts et des carottes fournissent actuellement une livre de légumes par personne à l'hôpital, ce qui couvre un tiers des besoins… Grâce à leur travail, on évite le pire. Ce que je voulais vous proposer ce soir, c'est de suspendre les semences de pommes de terre, et de les remplacer par du chou, qui s'accommode bien mieux du climat... En plus, on peut facilement le conserver sous forme de choucroute.

Denise n'avait pas assisté à la fin des délibérations, elle s'était endormie dans une chambre aménagée sous les combles de la tour où Elena l'avait conduite, voyant qu'elle tombait de fatigue.

Le lendemain matin, après avoir avalé un bol de café d'orge grillée, Denise avait fait le tour de l'hôpital de Saint-Alban, longeant le ravin brumeux qui formait une sorte de frontière encaissée avec le bourg. Elle était remontée ensuite vers le bâtiment des Terrasses avec son quartier Morel réservé aux agitées. Elle s'était arrêtée croyant avoir perçu des hurlements de terreur mais, là, tendant l'oreille, ce n'était plus que des cris. Plus loin, le Fer à cheval et le pavillon Baillarger abritaient le service des hommes. Une pluie fine courbée par le vent dissipait les lambeaux de brouillard. Elle avait salué tous les passants qu'elle avait croisés : ceux qui paraissaient trop étranges pour être des membres du personnel soignant, et ceux qui semblaient si normaux qu'ils en devenaient inquiétants. Elle connaissait des campagnes déjà bien sordides, mais rien qui approchait cette impasse du monde qu'elle avait sous les yeux. Sans même s'en rendre compte, elle était revenue à son point de départ, devant le quartier

Providence, où ne logeaient que des femmes, sans être parvenue à rassembler assez de courage pour pénétrer dans le pauvre cimetière planté de croix de bois qu'elle avait aperçu au milieu de son parcours.

CHAPITRE 3

Denise était allée se mettre à l'abri dans le couloir d'une bâtisse qui faisait face à l'entrée de la tour. Vitré tout du long, il desservait quatre ou cinq pièces parquetées, grandes comme des salles de classe. Elle avait poussé la première porte, à laquelle était punaisé un carton : « Bibliothèque ». Elle s'était penchée pour lire les titres sur les dos des quelques dizaines de livres alignés sur des étagères de bois. Un *Rapport sur le service de l'asile public d'aliénés de Saint-Alban*, de 1863, voisinait avec *Terre des hommes*, d'Antoine de Saint-Exupéry, ainsi qu'un vieux numéro de *Ciné-Miroir* consacré à Jean Gabin et au tournage du film *Quai des Brumes*. Elle s'était assise pour feuilleter une brochure anonyme dédiée au village où elle venait d'arriver, dont les marges débordaient de commentaires écrits serrés au crayon à papier. Une carte montrait que Saint-Alban-sur-Limagnole se trouvait au cœur de la Margeride, une région que la bête du Gévaudan, à laquelle on attribuait jusqu'à une centaine de meurtres, avait fait passer à la postérité. Le lecteur attentif avait rayé un passage qui évoquait la possibilité que le carnage ait eu une origine humaine précisant : « Fadaises ! La Bête est un hybride de louve et de chien molosse. » Située sur la via Podiensis des chemins de Compostelle, la commune abritait deux mille trois cent quatre-vingt-deux habitants au recensement de 1936. Ils tiraient leurs principales ressources de l'agriculture, de l'élevage, et des services rendus à l'hôpital. Celui-ci était d'ailleurs né de cette proximité avec le passage des pèlerins, puisque c'est l'un d'eux, Hilarion de la Trappe d'Aiguebelle, frère de Saint-Jean-de-Dieu, qui avait fondé l'hospice des aliénés en 1821, grâce à la générosité des Sœurs marseillaises de Saint-Vincent-de-Paul. Hilarion se nommait en réalité Joseph-Xavier Tissot ainsi que le mentionnait le commentateur, et il s'était pris de commisération pour les fous après avoir fait un assez long séjour à Charenton où, sujet délirant, il avait côtoyé le marquis de Sade avant d'être traité par Jean-Étienne Esquirol à la Salpêtrière. Ce qui avait surtout retenu l'attention de Denise, c'est que les hivers étaient rudes à Saint-Alban, qu'il n'était pas rare que la neige s'y entasse sur près de deux mètres et que le thermomètre enregistre des températures de moins trente degrés. Elle avait fermé les yeux sur les souffrances endurées par ces centaines de femmes évoquées dans les statistiques, réduites à un numéro matricule, entassées dans des pièces insalubres, sans chauffage, sans électricité, dépourvues du moindre équipement sanitaire, obligées de faire leurs besoins dans des trous, dormant sur des paillasses infestées par la vermine, battues par les gardes, mises en cage à la moindre crise, à la plus infime protestation. Le graphomane inconnu se dévoilait quelque peu : « Mon père vivait jour et nuit avec les fous, dans le noir, pour éviter qu'ils s'entre-tuent. Il lui arrivait de se réveiller avec un mort à ses côtés. »

Il avait fallu attendre l'arrivée de la première directrice, en 1933, pour que l'asile émerge du Moyen Âge, qu'on y installe une infirmerie, des douches, quelques toilettes ainsi que la bibliothèque où elle se trouvait. Cinq longues années s'étaient encore écoulées avant que les malades soient détachés, désenchaînés, qu'ils recouvrent une identité, puis que les premiers rudiments du métier d'infirmier soient dispensés à ces hommes qu'on recrutait depuis toujours au moyen d'un panneau accroché à la porte du château : « On embauche gardiens et bonnes à tout faire. » Plus tard, on leur fera passer des tests, on deviendra plus exigeant en ne prenant plus personne d'un âge mental de moins de onze ans.

Les craquements du parquet lui avaient fait lever les yeux de la brochure. Lucien Bonnafé l'observait, appuyé au chambranle.

— Vous avez l'œil sûr : c'est l'un des documents les plus surprenants en notre possession, surtout à cause des ajouts… Je n'ai qu'un regret, c'est qu'il ne parle pas de mon grand-père…

Denise avait failli lui demander s'il avait été interné, mais le docteur avait dissipé lui-même toute ambiguïté.

— Il a été directeur de cet établissement au début de la guerre de 14. J'y ai passé plusieurs mois d'été, avec mes parents… Il écrivait pratiquement toujours en vers à bouts rimés, ce qui fait que le préfet de Mende recevait des rapports assez étranges :

> *Dans ce pays sauvage et rude*
> *À mille mètres d'altitude*
> *L'administration cynique*
> *Envoie ici ses fous d'Afrique…*

— Ça devait forcer l'attention…

— Allez savoir ! Vous avez raison, peut-être que cela aidait à faire avancer les dossiers ! Sinon, votre proximité avec les enfants m'a fait envisager quelques projets pour vous, mais il est encore trop tôt pour en parler. Il faut encore y réfléchir… En attendant, vous pourriez vous occuper de cette bibliothèque. Il y a des cartons de livres un peu partout dans la tour… À vous de les récupérer, de les classer et d'organiser un inventaire… Ça vous dit ?

Denise l'avait remercié, se disant prête à se

lancer dans la carrière de bibliothécaire, puis elle avait osé lui poser une question.

— Tout à l'heure, en passant près du bâtiment des Terrasses, j'ai entendu des cris, des hurlements…

Il l'avait interrompue, le doigt pointé sur la brochure qu'elle tenait toujours dans ses mains.

— Et vous voulez savoir si on les traite toujours de la même manière que là ? Je vous mentirais si je vous disais que plus personne n'est isolé, n'est attaché à Saint-Alban… La guerre n'a pas l'air de vouloir se terminer, et vous êtes donc ici pour un bon bout de temps : vous aurez l'occasion de vous familiariser avec nos méthodes, assez nouvelles je crois, qui commencent à produire leurs premiers résultats. Les cris, ce matin, c'était à cause du coiffeur…

— Qu'est-ce qu'il leur fait ? Il leur arrache les cheveux ?

— Non. C'est assez difficile de faire monter un coiffeur jusqu'ici. Les rares qui ont accepté de tenter l'expérience ne sont pas revenus… On a fini par confier le travail à l'un de nos infirmiers qui a exercé plusieurs années dans un salon de Saint-Chély. Certains patients refusent qu'on leur touche le crâne, qu'on leur coupe les cheveux… Ils croient qu'on va les opérer à vif, qu'on veut les dépecer… Ça provoque des crises. Le fait de connaître le coiffeur les rassure un peu… Au bout de quelques mois, il y en a même qui se portent volontaires pour passer à la tondeuse.

CHAPITRE 4

Denise avait commencé à récupérer les livres dispersés dans les chambres de la tour habitées par les responsables de l'hôpital. Elle avait dû effectuer trois voyages pour transporter ceux que Jeanne Bonnafé avait empilés sur le palier, et deux fois plus pour ceux provenant de l'appartement qu'occupaient le couple Tosquelles et ses deux enfants.

René, le menuisier préposé à l'entretien du matériel, s'était proposé pour consolider les étagères existantes et en bricoler quelques autres. Elle était restée évasive quand il lui avait demandé d'où elle arrivait, si elle avait choisi d'elle-même de s'installer à Saint-Alban, si c'était son premier poste dans un établissement pour les fous.

— J'ai vraiment besoin de travailler, et en ce moment les places sont rares... Il fallait que je saisisse l'occasion.

Elle avait souri en lisant le titre d'un livre de

Camille Bryen *Les Quadrupèdes de la chasse* puis s'était retrouvée décontenancée en découvrant que l'éditeur du *Génie prisonnier*, de Robert Ganzo, se nommait Au vice impuni. Alors qu'elle venait d'essuyer un volume relié cuir de Jean Roucaute, *Deux années de l'histoire du Gévaudan au temps de la Ligue*, et qu'elle saisissait *L'Art chez les fous : le dessin, la prose, la poésie*, de Marcel Réja, quelques feuillets couverts d'une écriture décidée étaient tombés à terre. Elle s'était baissée pour les ramasser et en avait parcouru quelques lignes avant de s'asseoir pour continuer sa lecture.

« Ce qui caractérise la psychanalyse, c'est qu'il faut l'inventer. L'individu ne se rappelle de rien. Alors, on l'autorise à déconner. On lui dit : "Déconne, déconne mon petit ! Ça s'appelle associer. Ici personne ne te juge, tu peux déconner à ton aise." Moi, la psychanalyse, je l'appelle la déconniatrie. Mais pendant que le patient déconne, qu'est-ce que je fais ? Dans le silence ou en intervenant – mais surtout dans le silence – je déconne à mon tour. Il me dit des mots, des phrases. J'écoute les inflexions, les articulations, où il met l'accent, où il laisse tomber l'accent… Comme dans la poésie. J'ai toujours eu une théorie : un psychiatre, pour être un bon psychiatre, doit être un étranger ou faire semblant d'être étranger. Ainsi, ce n'est pas une coquetterie de ma part de parler si mal le français. Il faut que le malade – ou le type normal – fasse un certain effort pour me comprendre. Il est donc obligé de traduire et il prend à mon égard une position active. »

Elle avait glissé les papiers dans sa poche en se disant qu'ils sortaient certainement de la plume de ce curieux médecin qui émaillait sa conversation et ses écrits de gros mots, quand elle l'avait aperçu à une vingtaine de mètres, marchant en équilibre précaire sur le muret qui longeait le ravin, pieds nus, portant une sorte de lourd bateau multicolore dans les bras. Jacques Matarasso, appareil photographique en bandoulière, le suivait à distance. Elle s'était approchée de la fenêtre au moment où le médecin s'aventurait sur un toit pentu en fibrociment ondulé pour prendre la pose, le paysage grandiose de la Margeride dans son dos, brandissant le jouet composé de bois, de ferraille, de tissu, au-dessus de sa tête.

Elle avait attendu, pour sortir de la bibliothèque, qu'ils passent devant la porte en regagnant la tour. Tosquelles avait continué à marcher à grandes enjambées sur le gravier, sans la voir, mais le photographe, occupé à rembobiner sa pellicule, s'était arrêté près d'elle.

— Tout va bien ? Le climat n'est pas trop rude…

— Il y a du soleil, c'est le principal. C'est quoi, ce bateau ?

Matarasso avait extrait le rouleau du boîtier, humecté la languette pour coller le film hermétiquement avant de le mettre dans sa poche de pantalon.

— C'est la toute dernière sculpture d'Auguste Forestier, un des patients de François. Il l'a terminée il y a moins d'une heure. Il ramasse tout ce qui traîne pour construire des maisons, des personnages, des guillotines… Beaucoup de bateaux alors qu'il n'a jamais vu la mer… C'est étonnant, non ?

— Je l'ai à peine aperçue, en plus j'étais assez loin… Pourquoi est-ce que vous l'avez prise en photo près du ravin ?

— À cause de la vue, de la clarté du soleil… En espagnol, « accoucher, créer la vie », ça se dit *dar a luz*, donner à la lumière. C'est pour ça qu'il l'a offerte au ciel…

— Vous êtes espagnol ?

Ils s'étaient assis sur les marches ensoleillées de l'escalier qui menait à l'esplanade, devant la porte ouvragée du château. Au loin, l'horizon se chargeait de nuages couleur de cendres.

— Je l'ai sûrement été sous la couronne d'Aragon, avant d'être obligé de fuir la Sicile, en 1492… Par la suite, mes ancêtres sont passés par Salonique avant de faire le parcours inverse au cours des siècles. On est revenus au point de départ, dans tous les sens du terme, pour la nouvelle Inquisition. L'Espagnol, c'est Tosquelles…

— Je me demandais… J'avais du mal à reconnaître l'accent…

— C'est normal : il tient à ses origines cata-lanes. Son vrai nom, c'est Francesc Tosquellas… J'ai eu l'occasion de fréquenter beaucoup de fortes personnalités, et je peux vous dire que c'est quelqu'un de vraiment singulier.

Deux pies assez peu farouches s'étaient envo-lées du tilleul pour s'approcher de leur démar-che claudicante, attirées par les miettes que le photographe détachait d'un quignon de pain dur.

— Il est là depuis longtemps ?

— Un peu plus de trois ans… Il est né à Reus, comme Antonio Gaudi, l'architecte de la Sagrada Familia, la basilique de Barcelone… Quand j'ai envie de le faire râler, je lui dis qu'ils doivent être cousins. Il a décroché son bac à quinze ans, sa thèse cinq ans plus tard, avant de suivre les cours du professeur Mirá, le premier professeur de psy-chiatrie d'Espagne. Après la proclamation de la République, au printemps 1931, des dizaines de psychanalystes ont fui l'Europe centrale grigno-tée par le fascisme. Beaucoup d'entre eux sont venus s'installer à Barcelone, qui est devenue une sorte de petite Vienne catalane… Il a suivi une analyse avec l'un d'eux, Sandor Eiminder, un Juif hongrois. D'après ce que j'ai compris, il a fait partie de l'équipe de militants qui a créé le Parti ouvrier d'unité marxiste, en 35…

Denise lui avait coupé la parole.

— Le POUM, vous voulez parler du groupe trotskiste ?

— On dirait que vous ne les portez pas dans votre cœur… C'est ce que je pensais aussi, mais quand Bonnafé et Tosquelles mettent le sujet sur le tapis, je n'y comprends plus rien. Il lui arrive de s'énerver et de rappeler à Lucien qu'il a failli être fusillé par les communistes orthodoxes bien avant d'être condamné à mort par les sbires de Franco… Tosquelles ne se dit pas trotskiste mais antistalinien. Pendant la guerre, il était responsable d'un asile à Almodovar del Campo, sur la ligne de front, où il avait embauché des curés et des prostituées pour s'occuper des malades. Leurs métiers leur avaient probablement appris que tous les hommes sont fous… À la chute de la République, il a réussi à passer entre les mailles du filet grâce à sa femme, Elena. Il a été interné derrière les barbelés du camp de concentration de Septfonds, entre Cahors et Montauban. On y mourait de faim, de septicémie, et surtout de désespoir. Là encore, il a mis un service de psychiatrie sur pied, avec les moyens du bord. C'est la qualité de son travail qui l'a conduit à Saint-Alban…

Denise avait éloigné une des pies qui donnait des coups de bec sur la boucle brillante de sa chaussure.

— Il ne faut rien laisser traîner avec elles.

Elles emmènent tout dans leur nid ! Voilà comment ça s'est déroulé : un psychiatre d'origine catalane marié à une française et qui exerçait au Puy a eu vent des prouesses de Tosquelles. Il en a parlé à l'un de ses collègues qui a tout raconté au directeur de l'hôpital de Saint-Alban. À son tour, il est intervenu auprès du préfet de la Lozère pour obtenir son transfert sur les bords de la Limagnole. Ses diplômes espagnols n'étant pas reconnus, il a été embauché en qualité d'infirmier et, comme il était en fuite, il a été payé pendant un bout de temps par le Mexique, le seul pays s'obstinant à reconnaître la République même après la défaite !

Le photographe avait été interrompu par Jeanne Bonnafé, qui remontait en courant du bâtiment Providence. Elle avait fait un discret mouvement de la tête pour que Jacques Matarasso la rejoigne. Bien qu'elle ait pris soin de parler à voix basse, Denise avait entendu ce qu'elle lui glissait à l'oreille.

— Il faut tout préparer pour ce soir. C'est confirmé : Grindel arrive avec sa femme. Il va falloir aller les chercher à Saint-Flour.

CHAPITRE 5

Vers cinq heures du soir, alors qu'un ciel de plomb recouvrait peu à peu les Causses, Lucien et Jacques avaient pris place à l'avant de l'ambulance. Le gazogène s'était élancé en pétaradant sur la rampe menant au village. Une sorte de fébrilité dont Denise ne parvenait pas à comprendre la raison s'était emparée de la petite communauté rassemblée dans la tour du château de Saint-Alban. On courait dans les galeries, on montait, on descendait les escaliers de pierre avec des matelas sur le dos, des chaises, des tapis, une écritoire, des couvertures. Le soir, elle avait dîné d'une omelette aux pommes de terre et d'une compote en compagnie d'Elena, de ses enfants, et de Marie, la fille des Bonnafé, qui jouait avec une sorte de bête des profondeurs, à écailles de bois, apparemment sortie de l'imagination du même sculpteur que le bateau brandi par Tosquelles quelques heures plus tôt. L'énervement l'avait gagnée, et elle avait passé un manteau pour se rendre dans la bibliothèque. Dehors, une bourrasque chargée de neige s'était engouffrée sous les pans qu'elle avait omis de boutonner, arrachant le vêtement de ses épaules. Une fois à l'abri, elle s'était lancée dans la transformation d'un gros agenda vierge de l'année 1933 en catalogue, inscrivant, par ordre alphabétique des auteurs, les livres qui commençaient à garnir les rayonnages. Elle s'était levée au moment où l'ambulance Ford manœuvrait pour se garer sur la place, le faisceau des phares balayant la façade de grès. Elle était montée sur un banc pour apercevoir le médecin et le photographe qui se dirigeaient vers l'arrière du véhicule, leurs pas imprimés dans le tapis blanc qui déjà recouvrait le gravier. Une jeune femme en était sortie la première, le visage encadré par une épaisse chevelure noire, enveloppée dans une ample cape, puis un homme vêtu d'un pardessus croisé, les traits obscurcis par l'ombre portée de son chapeau, était apparu. Il s'était légèrement incliné pour allumer une cigarette, et la flamme vacillante avait éclairé un regard curieux, presque inquiet, celui que l'on promène sur ces endroits inconnus où l'on arrive sans les avoir choisis. Jacques Matarasso s'était chargé des deux valises des voyageurs, puis ils s'étaient tous dirigés vers l'escalier menant à l'entrée de la tour. Elle avait continué à tirer des traits dans l'agenda, à s'appliquer pour écrire à la plume tout ce qui correspondait aux lettres de A jusqu'à D, feuilletant au passage *La Rose au balcon* de Francis Carco, *Noués comme une cravate* de Christian Dotremont, avant de s'arrêter sur une édition rare de *Corps et biens* où figurait un poème troublant de Robert Desnos, que Dominique lui avait fait découvrir, à Clermont-Ferrand, bien qu'elle ne s'intéressât que peu à la poésie :

J'ai tant rêvé de toi, tant marché, parlé, couché avec ton fantôme qu'il ne me reste plus peut-être, et pourtant,
qu'à être fantôme parmi les fantômes et plus ombre cent fois que l'ombre qui se promène et se promènera allégrement sur le cadran solaire de ta vie.

Le vent était tombé quand elle s'était enfin décidée à retourner vers le château, et il faisait plus doux. La neige craquait sous ses pas, lui rappelant ces bruits d'enfance lorsqu'elle traversait la Grand-Place d'Arras les matins de Noël, sa main minuscule bien au chaud dans celle de son père. Lucien Bonnafé l'avait rapidement présentée aux nouveaux venus dès qu'elle était entrée dans la salle à manger.

— Denise est parmi nous depuis deux jours. C'est notre nouvelle bibliothécaire... Eugène et Marie Grindel ont été obligés de fuir Paris, et je ne crois pas me tromper en disant qu'ils risquent d'être parmi tes emprunteurs les plus assidus...

Elle était allée s'asseoir en bout de table pour boire l'infusion qu'Elena lui avait servie, tout en observant le couple à la dérobée. Rien dans leur apparence ne les désignait comme des fugitifs, des réfugiés. Leur allure lui faisait penser à celle des belles familles qui venaient faire leurs emplettes à La Maison bleue, le magasin familial. Les cheveux de Marie portaient encore les marques du coiffeur, elle avait pris le temps de se maquiller, de souligner ses sourcils. Lui, rasé de frais, front dégagé, s'était débarrassé de son manteau, et elle pouvait juger de la qualité du tissu comme de la coupe du costume clair qu'il portait. À plusieurs reprises leurs regards s'étaient croisés. C'est elle chaque fois qui avait rompu le contact, dérivant sur les doigts fins d'Eugène Grindel qui caressaient machinalement la joue de son épouse. Tosquelles s'était levé pour couper des parts d'omelette aux champignons à même la poêle, avant de les faire glisser dans les assiettes.

— Les œufs viennent de notre ferme, et les cèpes ont été ramassés par les malades dans les bois qui bordent la Truyère et la Limagnole.

Marie Grindel avait immobilisé sa fourchette près de sa bouche bien dessinée.

— J'espère pour nous tous qu'ils savent les reconnaître, sinon…

Son compagnon avait fini la phrase :

— Sinon, Dieu reconnaîtra les siens !

Bonnafé avait tenu à les rassurer.

— Plusieurs semaines avant la cueillette, on a organisé un atelier avec les ramasseurs. Ça consistait à fabriquer des spécimens en plâtre puis à les peindre aussi ressemblants que possible en s'aidant des planches en couleurs de l'encyclopédie. Le pharmacien de Saint-Alban est venu donner une conférence sur le sujet. Lorsqu'on a fait le tri, en revenant des forêts qui entourent Limbertès, il n'y avait pratiquement pas de cortinaires, d'hébélomes, d'oronges ou de lactaires. Que du comestible ! Cette année, on a surtout pu faire des conserves de morilles, de bolets et de pleurotes…

À peine son assiette vide, Eugène Grindel avait prélevé la dernière cigarette dans son paquet, qu'il avait chiffonné dans sa paume.

— On peut trouver du tabac sans ticket de rationnement, au village ?

C'est Tosquelles qui lui avait répondu.

— Oui, mais il faut savoir jouer aux cartes…

— J'ai toujours aimé jouer avec les images, il n'y a jamais de perdant… Sinon, j'aime bien le tarot surtout si j'en invente les règles…

Le psychiatre catalan l'avait applaudi.

— C'est toute la différence entre le jeu et les enjeux ! On a un buraliste un peu plus bas, pas très loin de l'église. Il a perdu un bras au Chemin des Dames, et en échange l'État lui a fourni une licence. Il tient à le remercier en affichant le

45

portrait de Pétain, le vainqueur de Verdun, au-dessus de sa caisse. J'ai compris assez vite que sa femme n'est pas dans les mêmes dispositions, et que ça ne lui déplaît pas de braver l'autorité de son mari. Le problème, c'est qu'il s'accroche à son comptoir et que la réserve de Gauloises est pratiquement inaccessible. Quand le manque se fait sentir, on s'y arrête avec Lucien, le docteur Chaurand et le stagiaire du moment. On s'installe autour d'une petite table, sous la glace, pour jouer aux cartes. Sauf que, nous aussi, nous inventons les règles au fur et à mesure. Je peux avoir trois cartes et Lucien six, en prendre deux dans le pot tandis que Chaurand n'aura droit à rien et que le stagiaire passera son tour. Au bout de cinq minutes il s'approche, intrigué, et tente de comprendre ce qui se passe en se grattant la tête de sa main restante. Il n'a jamais osé poser la moindre question, impressionné par des gens aussi sérieux que des médecins ! À certains moments, quand le hasard organise des logiques apparentes, il croit déceler la loi à laquelle obéit notre façon de jouer. Patatras ! Immanquablement, le désordre ruine ses efforts. Démoralisé, il file alors dans la cuisine de leur appartement pour aller boire un petit coup de gnôle en cachette… C'est alors que sa femme, qui se tenait assise depuis le début de notre manège, se lève pour nous passer en douce deux ou trois paquets de tabac… Les toubibs ont été payés de leur peine. C'est la fin de la séance !

Denise était montée dans sa chambre quelques minutes plus tard. Elle s'était endormie après avoir, depuis sa fenêtre, contemplé la campagne blanchie qu'éclairait une lune pâle. C'est tout juste si elle avait entendu la serrure grincer, bien plus tard dans la nuit, quand les nouveaux arrivants étaient entrés dans la pièce opposée.

CHAPITRE 6

Le secret entourant le couple formé par Eugène et Marie Grindel n'avait pas tenu bien longtemps, et c'est Lucien Bonnafé lui même qui avait mis Denise dans la confidence, le lendemain en fin de matinée. Cela faisait suite à un incident qui s'était produit un peu plus tôt, alors que les enfants ramassaient la neige tombée dans la cour intérieure pour fabriquer un Père Noël. Jeanne les avait aidés à poser la boule représentant la tête sur l'amas plus imposant qu'ils avaient fait rouler à grand-peine. Des pierres noires pour figurer les yeux, un morceau de bois pour le nez, l'anse d'une poterie brisée pour la bouche, une vieille nappe rouge en guise de houppelande… Tous les adultes étaient sortis sur les coursives pour regarder le spectacle, accoudés aux rambardes de pierre. Denise s'était retrouvée près d'Eugène Grindel occupé, en bras de chemise, à nouer sa cravate. Soudain, Marie avait fait irruption depuis la chambre.

— Tu vas attraper froid, Paul ! Il gèle. Mets au moins ta veste…

C'est au moment où elle posait le vêtement sur les épaules de son mari qu'elle s'était aperçue de la présence de leur voisine de palier. Denise avait froncé les sourcils, laissant son regard peser avec insistance sur la jeune femme brune qui lui avait retourné son sourire le plus éclatant. Avant de se remettre au travail, Denise avait franchi le mur d'enceinte. Elle était allée marcher sur la route, qu'une équipe de malades de l'hôpital finissaient de dégager à la pelle, s'attirant le croassement ironique des corneilles perchées sur les branches nues des arbres. Au retour de sa promenade, elle était entrée dans le bâtiment des Terrasses, où une partie des ateliers avaient été installés. La trentaine de patients occupés à travailler avaient suspendu leur activité pour l'observer. Elle les avait salués en passant tour à tour devant ceux qui confectionnaient des sandales en raphia, des sabots, des jouets en bois, qui tricotaient des chandails, des passe-montagnes, des moufles… Un infirmier, la cigarette au bec, était venu à sa rencontre. Elle avait reconnu Marius, l'homme qui était venu la prendre à la gare de Saint-Chély-d'Apcher. Il l'avait saluée en ôtant sa casquette.

— Bonjour mademoiselle… Vous cherchez quelqu'un ?

— Non, personne… Ça recommence à souf-

fler. Je venais me réchauffer un petit peu…
C'est vous qui leur apprenez à faire tout ça?

Il avait haussé les épaules.

— Non, ce serait plutôt le contraire… Faut pas
croire… Ils savent plein de choses que personne
ne leur demande jamais… Il y en a même un,
Albert, qui peut démonter le moteur de l'ambulance et le remonter les yeux fermés… On n'a
pas besoin d'aller voir le mécanicien.

Denise était restée silencieuse un long
moment, fascinée par l'agilité d'un géant taci-
turne, au crochet, avant de se tourner à nouveau
vers Marius.

— Vous êtes ici depuis longtemps?

— Mon père m'emmenait déjà quand j'étais
gamin. Après, j'ai repris sa place…

— L'atelier a toujours existé?

— L'atelier oui, mais ce n'était pas pareil…
Tout a changé après l'épidémie de typhoïde. Ça
nous est tombé dessus un peu avant la guerre.
Elle a semé beaucoup de malheur dans le village
et dans les environs… Une véritable désolation.
Il y a eu des dizaines et des dizaines de morts en
Margeride…

— L'hôpital a été touché?

Marius s'était arrêté pour rallumer sa cigarette.

— Non, surtout la campagne. C'est la pau-
vreté ici… Monsieur Blavet, le directeur de
l'époque, celui d'avant monsieur Bonnafé, a mis

les pensionnaires volontaires à la disposition des fermes qui étaient touchées par la maladie. Ils se sont occupés des bêtes, ils ont labouré, ils ont semé, ils ont récolté… Je peux vous dire que ça a sauvé pas mal de familles de la misère… Les malades ont remplacé plus malades qu'eux. On s'en rappelle, ici. Depuis, on peut dire ce qu'on veut, il n'y a plus les fous d'un côté, les paysans de l'autre : ça s'est un peu rapproché… Vous savez, ils ne travaillent pas seulement pour être occupés, ils peuvent échanger ce qu'ils fabriquent contre du lait, des œufs, du beurre, de la saucisse quand il y en a… Ça améliore l'ordinaire.

En quittant l'atelier, Denise avait croisé une des sœurs de la congrégation de Saint-Régis, un ordre placé sous l'autorité des pères jésuites, et s'était demandé ce qu'elles savaient exactement des activités clandestines de Bonnafé et de Tosquelles. Elles s'étaient saluées à distance, d'une imperceptible inclinaison de la tête. Denise avait lu quelques bribes de leur histoire dans *Saints et pieux personnages du Vivarais*, un ouvrage ancien relié plein cuir classé la veille au soir, croisant le destin de Marie-Victoire Couderc, une jeune paysanne d'un village déshérité des monts d'Ardèche devenue mère supérieure de la congrégation sous le nom de sœur Thérèse, consacrant son existence à accueillir les femmes dans son Cénacle du chemin de Compostelle pour les mettre à l'abri de la dégradante promiscuité des auberges fréquentées par les pèlerins. Longtemps, les sœurs ne s'étaient occupées que des femmes aliénées. Mais le départ des hommes pour les armées, tout comme la plus grande difficulté à recruter des infirmiers en lieu et place des geôliers, les avaient conduites à prodiguer également leurs soins aux malades masculins. Tout le monde s'accordait à reconnaître que cela avait été bénéfique. Séparées du monde par l'exercice de leur foi, la guerre, l'Occupation, les obligeaient à se confronter aux réalités immédiates, à mener la lutte quotidienne contre la faim, à participer au système de troc mis au point par Tosquelles, à fermer les yeux sur ce marché noir de proximité qui sauvait les corps sans trop abîmer les âmes.

Le docteur Bonnafé l'attendait dans la cour, près du Père Noël qu'une main prévenante avait affublé d'un bonnet rouge et d'une panière délabrée en guise de hotte. Ils étaient montés au premier étage en empruntant le large escalier de pierre pour aller s'installer dans une vaste pièce d'angle transformée en bureau. Le plateau croulait sous une masse de formulaires, de dossiers. Les murs étaient pratiquement recouverts de dessins et textes très fournis, enchevêtrés, dont le support consistait en des pages de journaux, des papiers d'emballage, des sacs de ciment ou de chaux en provenance de la maison

Lafarge du Teil. Denise s'était penchée pour déchiffrer quelques lignes d'écriture : « Pharaon tue Habit-Tant, Casimir Périer, Dechanels Doumer, Fainéans, Incurables, pigeon, Méningite, célèbres, rosses, espinales, curies, pasteur. » Lucien Bonnafé avait délaissé le bureau pour venir s'asseoir sur une chaise près de Denise.

— Très étonnant, non ? C'est la production d'un de nos pensionnaires, Aimable Jayet. Un garçon boucher qui est là depuis bientôt quatre ans… Il travaille beaucoup sur la symétrie, à partir de la pliure du papier. En plus, il y a la même chose, la même densité au verso. Il dit la violence du monde qui est en lui avec ses mots, sa syntaxe. C'est assez déconcertant, mais je crois avoir ouvert une brèche dans la compréhension en disant le texte à haute voix au cours d'une de nos séances d'analyse… Il ne faut pas le lire dans le silence des yeux, mais l'écouter comme une sorte de voix intérieure, une litanie qui conduit à un véritable effet de rêverie…

— J'essaierai, à l'occasion…

— Oui, vous avez raison, je n'ai pas provoqué cet entretien pour que vous m'aidiez à réfléchir sur le mode d'expression de Jayet… Encore que ce ne serait pas inutile… Non, en fait, je voulais m'excuser auprès de vous…

— Vous excuser ? Mais pourquoi ? Vous m'accueillez, vous prenez soin de moi, vous m'invitez à votre table… Ce serait plutôt à moi de le faire pour tous les risques que je vous fais prendre…

Il avait posé la main sur la sienne.

— Tosquelles et moi n'avons jamais trop aimé le terme d'« hôpital psychiatrique ». Nous préférons celui d'« asile », un endroit qui met à l'abri de la folie du monde… Je m'en veux de ne pas vous avoir fait confiance, hier soir, à l'arrivée d'Eugène et Marie Grindel… C'est elle qui est venue me dire que ce matin, devant vous, elle avait appelé son mari par son véritable prénom. Au lieu de dire Eugène comme il était convenu, elle a dit Paul… Elle a vu que vous vous en étiez aperçue…

— C'est sans importance. Moi aussi j'ai porté plusieurs noms, plusieurs prénoms différents… Je fais semblant de réciter la prière, de faire le signe de croix. Il arrive qu'on ne s'y retrouve plus.

— Eugène Grindel, c'est en réalité le poète Paul Éluard… Vous comprenez ?

Bonnafé, persuadé que le nom de l'auteur de *Poésie et vérité 1942* était connu de tous, avait été surpris par le manque de réaction de la jeune femme.

— Vous savez qui c'est…

— Non, je lis surtout des romans, des livres sur l'histoire. C'est quelqu'un d'important ?

Le docteur avait alors évoqué les aventures du

groupe surréaliste, cité les noms d'Aragon, de Federico Garcia Lorca, de Desnos, de Man Ray.

— Paul Éluard a contredit les mots de Baudelaire afin de les mettre en pratique. Dans le cachot, la poésie se fait révolte. Elle ne se limite pas à constater, elle répare… Elle se dresse contre l'injustice. Éluard fait partie du comité de lecture des Éditions de Minuit clandestines, c'est l'un des principaux artisans du Comité national des écrivains. Certains de ses poèmes sont parachutés par les avions anglais en même temps que les armes et les munitions destinées aux maquis… Ils nous sont tout aussi nécessaires. C'est pour ça qu'il est activement recherché. Vous n'avez jamais entendu parler de « Liberté », ce poème devenu l'hymne de la Résistance ?

Denise s'était redressée d'un coup, comme sous l'effet d'une décharge électrique. Son visage s'était transformé, et le regard soudain gagné par une sorte de fièvre, elle s'était mise à murmurer :

Sur mes cahiers d'écolier
Sur mon pupitre et les arbres
Sur le sable sur la neige
J'écris ton nom

Sur toutes les pages lues
Sur toutes les pages blanches
Pierre sang papier ou cendre
J'écris ton nom

Sur les images dorées
Sur les armes des guerriers
Sur la couronne des rois
J'écris ton nom

Leurs mains s'étaient jointes et ils avaient dit le poème jusqu'à son terme, leurs voix mêlées comme dans la ferveur d'une prière :

Sur l'absence sans désir
Sur la solitude nue
Sur les marches de la mort
J'écris ton nom

Sur la santé revenue
Sur le risque disparu
Sur l'espoir sans souvenir
J'écris ton nom

Et par le pouvoir d'un mot
Je recommence ma vie
Je suis né pour te connaître
Pour te nommer

Liberté

Ils étaient demeurés silencieux pendant un long moment avant que Lucien Bonnafé ne se décide à prendre la parole.

— Pour quelqu'un qui ne connaît pas Éluard, c'est assez réussi…

Denise avait rougi.

— J'ignorais son nom jusqu'à cet instant… J'ai entendu ce poème pour la première fois il y a presque une année chez Louis Parrot, à Clermont-Ferrand. Un comédien en avait fait une lecture publique pour les gens du réseau. Dominique Desanti m'y avait amenée, juste avant que les Allemands n'envahissent la zone libre. Je l'ai recopié le soir même pour l'apprendre par cœur…

— Louis Parrot est un vieil ami, et pour tout vous dire, c'est une des personnes qui vous a ménagé le chemin jusqu'à Saint-Alban. Éluard lui a confié le texte après l'avoir écrit, et c'est lui qui l'a fait publier en Algérie puis en

Angleterre… Je vais vous confier un secret : quand il l'a composé, Paul pensait terminer sur le prénom de celle qu'il aime plus que tout, Nusch… Il lui a substitué une sorte de synonyme du mot « amour » : *Liberté*, et tout en a été changé…

— Vous connaissez tout le monde. Comment est-ce possible qu'un médecin qui s'occupe des…

Il avait souri à son hésitation.

— Qui s'occupe des fous… N'ayez pas peur de prononcer le mot, c'est comme ça qu'on les désigne… En vérité, ils sont cachés au reste du monde. Comme vous. Dans un premier temps, les murs les protègent des méfaits de la société, des méfaits de l'Histoire. Et tout le travail, paradoxalement, c'est de faire tomber ces murs… Est-ce que je suis clair ?

— Oui, peut-être… Je me demandais surtout comment vous aviez fait pour les rencontrer…

— En allant au cinéma, tout simplement ! C'est dans les chambres obscures qu'on voit le mieux la lumière. Même si mes premiers films, je les ai vus en plein air au café-ciné de Figeac, sur les quais du Célé, à côté du grand garage Citroën. Mes parents venaient y boire une limonade pendant que Max Linder, Charlot ou Buster Keaton faisaient leurs pitreries sur l'écran. Le film qui m'a le plus impressionné, c'est un épisode de *Barrabas* tourné par Louis Feuillade… Un *serial* comme on disait alors… L'histoire d'un

banquier qui dirige d'une main de fer une orga-
nisation internationale de tueurs échappés du
bagne... Je n'en ai vu qu'une partie, le moment
où le héros est plongé dans une chaudière dont
l'eau bout à grosses bulles... Puis il y a eu un
carton : « La suite la semaine prochaine ». Sauf
que, le jour d'après, mon père, il était médecin
pour une compagnie de chemins de fer, devait
rentrer à Toulouse. Résultat, je n'ai jamais
su comment le héros s'en était sorti ! Peut-être
est-il toujours en train de cuire dans son court-
bouillon !

Il s'était levé pour remplir deux verres d'eau à
la carafe, en avait tendu un à Denise.

— Bien plus tard, alors que je faisais mes
études de médecine, j'ai été de l'aventure du
ciné-club de Toulouse fondé au café le Tortoni,
en janvier 1933, avec le photographe Jacques
Matarasso et Jean Marcenac. On louait la salle du
Fantasio, un cinéma populaire tenu par Jesu
Galia, un rugbyman célèbre. Je me souviens
qu'on a projeté *Kuhle Wampe*, d'après un scénario
de Bertolt Brecht, *Sous les toits de Paris* de René
Clair, *Dans la nuit*, de Walter Ruttman, *Hallelujah*,
de King Vidor, sonorisé sur disque Gaumont. Et
même un film d'éducation sexuelle, *C'est le printemps !*. Mais la grande affaire, c'était pour nous
de diffuser le *Potemkine*, d'Eisenstein, malgré la
censure dont il était victime. C'est toujours moi
qui allais chercher les copies à Paris, pour la

simple raison que je ne payais pratiquement pas le train, grâce à l'emploi de mon père. La Fédération française des ciné-clubs m'a mis sur la piste d'un Cercle de la Russie neuve, abrité rue Saint-Georges, à Paris. Là, une madame Louise Autant-Lara, dont le fils écrivait alors un scénario avec Jacques Prévert, m'a remis un grand sac vert contenant les bobines que j'ai convoyées jusqu'à Toulouse et que j'ai moi-même projetées. La dernière séance a été consacrée à *L'Âge d'or*, de Luis Buñuel, accompagné de la première exposition d'art surréaliste organisée dans la Ville rose. Peintures, collages, photomontages, dessins réalisés dans les asiles, parmi lesquels plusieurs de Saint-Alban, que mon grand-père collectionnait... Vous avez déjà regardé ce film ?

— Non, j'en ai juste entendu parler, mais j'ai vu *Terre sans pain*, le documentaire qu'il a tourné en Espagne...

— Oui, on avait déjà changé d'époque... Tosquelles pourrait vous en parler puisqu'il a été financé par ses amis anarchistes... Vous savez comment certains l'appelaient quand il est arrivé ici depuis son camp de concentration ?

— Non.

— Le violeur de nonnes... Tosquelles ! Vous vous rendez compte ? Certaines sœurs prenaient la rumeur au sérieux et se serraient contre le mur en le croisant... C'est grâce à ses voyages à Paris que j'ai décroché un rendez-vous chez

André Breton, dans son appartement de la rue Fontaine. Marcenac m'accompagnait. Nous voulions l'inviter à tenir une conférence surréaliste à Toulouse. Le soir, nous nous sommes retrouvés aux Deux-Magots, à la table du groupe surréaliste, en compagnie de Benjamin Péret, de Paul Éluard. Le lendemain midi, c'était l'apéritif au Café des oiseaux du square d'Anvers avec Max Ernst, Man Ray et Yves Tanguy… Salvador Dali a fait une apparition… Voilà comment on rencontre les gens : en étant dans le mouvement.

Denise avait allumé une cigarette, rejetant lentement la fumée vers le plafond.

— Finalement, André Breton est venu à Toulouse ?

— Non, ça n'a pas pu se faire, hélas. D'autant qu'en rentrant, je me suis retrouvé devant le tribunal correctionnel pour être jugé comme émeutier. J'avais participé à une manifestation interdite organisée par le parti communiste, en juin 1934, contre la venue de Pierre Taittinger, le chef des Jeunesses patriotes. J'ai été condamné à trois mois de prison avec sursis et deux cents francs d'amende. On a rassemblé l'argent en allant jouer du jazz aux terrasses des cafés de la place du Capitole avec René Massat, un vieux complice qui chantait en imitant la voix de Louis Armstrong à la perfection…

Il lui avait tendu un cendrier pour qu'elle y dépose son mégot.

— Toulouse, c'est comme Paris, c'est une ville qui fait rêver… J'ai l'impression qu'elle vous manque, à la manière dont vous en parlez… Comment êtes-vous venu ici, à Saint-Alban ? Il n'y avait pas d'hôpital psychiatrique là-bas ?

— Si, bien sûr : chaque région produit ses fous… Je me suis retrouvé dans le département de la Seine, à Sainte-Anne, puis j'ai eu de la promotion. On m'a nommé médecin-chef à l'asile de l'abbaye de Prémontré, près de Laon, à l'automne 1942… Un poste très envié, très en vue, que j'ai échangé avec un ami, Hubert Mignot, qui venait, lui, d'être muté à Saint-Alban-sur-Limagnole encore situé en zone libre.

— Et pourquoi ?

— Tout simplement parce que le directeur de Sainte-Anne venait d'avoir la visite de la police française. Elle s'interrogeait sur la profondeur de mes sentiments patriotiques. C'est comme ça que je suis arrivé ici avec ma famille. La tour du château, je crois que ça a été la bonne décision.

Puis, sans transition, il lui avait annoncé qu'en complément de son travail de bibliothécaire, elle s'occuperait des enfants de l'institut médico-pédagogique du Villaret, une annexe de l'hôpital distante de près de deux kilomètres, à l'autre extrémité du village.

CHAPITRE 8

Paul Éluard et Nusch n'avaient pas pris place autour de la table, pour le dîner ; cela avait soulagé Denise, qui était pétrifiée à la simple idée de devoir plonger sa cuillère dans l'épaisse soupe de poireaux et de fèves sous le regard de l'auteur de « Liberté » et de son inspiratrice. Elena leur avait monté leur repas dans la chambre du troisième étage où Éluard travaillait avec un mystérieux messager arrivé en voiture à la nuit tombée.

Tosquelles et Bonnafé s'étaient lancés dans une discussion sur le programme de thérapie occupationnelle pendant les mois d'hiver. La rigueur du climat allait limiter les promenades, les jeux en plein air, il fallait donc accélérer les discussions avec le cinéma de Saint-Chély-d'Apcher pour disposer des films qu'il comptait projeter. Tosquelles insistait davantage sur le théâtre. Il avait passé une grande partie de la soirée à lire à haute voix les extraits d'une pièce adaptée d'une nouvelle de Mark Twain, *Le*

Cultivateur de Chicago. Le Cultivateur en question devait sa majuscule au fait qu'il s'agissait d'un titre de presse de la capitale mondiale des abattoirs mise en coupe réglée par Al Capone. L'action avait pour cadre unique la salle de rédaction du journal où Sam, nouvellement embauché par un directeur impatient de partir en vacances, imposait une ligne éditoriale fondée sur le non-sens, publiant des inepties qui avaient pour effet de doubler les ventes en moins d'une semaine.

— Il faut absolument la mettre en scène au foyer, dans l'ancienne buanderie. C'est à pisser de rire ! Écoutez ça… Vers la fin, le directeur revient à toute vapeur, effaré par ce qu'il lit : « Vous confondez un sillon avec une herse. Vous écrivez que les moules détestent la musique. Sous la rubrique jardinage, vous traitez des parcs à huîtres… Vous recommandez qu'on apprivoise les rhinocéros parce qu'ils sont joueurs et qu'ils attrapent les rats ! »

Jeanne, qui connaissait le texte, avait fait remarquer qu'il n'y avait qu'un seul rôle féminin, celui de Jessie.

— Pas de problème. On peut transformer le directeur en directrice et Sam en Samie… L'agent littéraire de Mark Twain ne va pas débarquer en Margeride depuis l'Amérique pour nous le reprocher ! L'important, c'est ce que l'auteur met dans la bouche de son personnage : « Mais où avez-vous pris qu'il fallait savoir quelque chose

pour écrire dans un journal... Espèce de salsifis...
Qui fait les articles sur les finances ? Des sans-le-
sou... Qui mène les campagnes anti-alcooliques ?
Des ivrognes... Qui disserte sur les questions militaires ? Des culs-de-jatte qui n'ont jamais mis les
pieds dans une caserne... Qui rédige les journaux d'agriculture ? Des imbéciles comme vous,
fleur de carotte ! Un journal idiot trouve toujours
un public. Et plus il est idiot et plus son public est
nombreux. Regardez donc autour de vous. Que
fait-on dans la presse ? On exploite cyniquement
la sottise, la cupidité, toutes les basses passions
humaines. Et c'est le succès ! Voilà comment je
comprends le journalisme. »

Le lendemain matin, il était là, en compagnie
de Nusch, quand Denise était venue boire son
bol d'orge grillée. Elle s'était faite invisible après
un bonjour furtif. Elle avait tendu l'oreille, en
mangeant sa tartine, sans rien en laisser paraître.
Il racontait un songe à son épouse.

— J'ai rêvé que je marchais vite sur les routes
du Tyrol. Parfois, pour aller plus vite, je marchais
à quatre pattes et mes paumes étaient dures, et
de belles paysannes à la mode de là-bas me croi-
saient, me saluaient d'un geste doux. Et j'arrivai
aux prisons. On avait mis des rubans aux fenêtres,
les portes étaient grandes ouvertes, et les prisons
étaient vides...

Il s'était interrompu et avait baissé la tête pour
capter le regard de Denise.

— Même si vous prenez soin de les cacher, vous avez des yeux à rêver… Ils vous accompagnent dans la journée ?

Ses cils s'étaient soulevés.

— Pardonnez-moi, mais je ne comprends pas de quoi vous parlez ?

— De vos rêves…

— Non, ils s'envolent… Je ne m'en souviens jamais… Excusez-moi, je dois partir. On m'attend, j'ai du travail…

François Tosquelles se tenait debout sur la place devant le gazogène qu'il venait de mettre en marche. Il devait faire une halte au Villaret et l'y déposer avant de rejoindre Aumont-Aubrac, où l'attendait un rendez-vous. Tout le long du trajet couvert à petite vitesse à cause de la neige, Denise s'était reproché ce mensonge des rêves envolés. Il y avait bien longtemps qu'elle avait appris à les faire vivre en elle, à tisser un monde différent avec les fils fragiles rescapés de la nuit et ceux plus solides mais plus contraignants issus de la réalité.

L'annexe de l'hôpital consistait en une forte bâtisse de trois étages aux allures de caserne flanquée de quelques dépendances adossées à la colline. Elle avait suivi le médecin dans les cuisines, où deux femmes emmitouflées épluchaient des légumes. Il s'était penché vers la plus jeune pour lui demander de sortir, attendant qu'elle ait fermé la porte derrière elle pour s'adresser à l'autre qui, l'air renfrogné, continuait imperturbablement à raccourcir les trognons d'une masse impressionnante de choux de Bruxelles.

— Vous pouvez arrêter d'éplucher et rentrer chez vous, madame Server… À partir de cet instant, vous ne travaillez plus ici.

— Mais pourquoi, j'ai rien fait ! C'est toujours sur moi que ça tombe !

Tosquelles s'était incliné pour lui prendre le couteau des mains.

— Je crois avoir été très patient avec vous… Vous avez déjà posé beaucoup de problèmes quand vous étiez au pavillon des Terrasses. Vous refusiez d'appliquer le règlement, vous donniez des surnoms insultants, vous tapiez sur les malades…

Elle avait sorti un gros tissu à carreaux de sa poche, s'était mouchée bruyamment.

— C'était pour les calmer. On faisait toutes comme ça avant votre arrivée et ça marchait pas plus mal…

— J'organise des réunions auxquelles je vous ai toujours invitée, mais vous n'êtes jamais venue défendre votre point de vue… J'ai fini par vous déplacer ici il y a un mois en vous avertissant que c'était votre dernière chance. Pourtant, vos collègues vous ont vue prélever chaque jour une tranche sur chaque pain destiné aux enfants. Vous leur volez une partie de leur ration… Et hier on vous a surprise avec une paire de draps cachée sous votre manteau…

— Pour le pain, c'est pas vrai, elles disent ça par méchanceté. Pour les draps, je ne me souviens plus, mais je m'excuse, et je vais faire dire une messe à l'église Saint-Alban pour le repos des malades de l'hôpital.

Tosquelles l'avait raccompagnée jusqu'à la porte.

— Faites-la dire pour votre âme, madame Server, je crois qu'elle en a davantage besoin.

Ils l'avaient regardée traverser la cour vers le chemin, mélange de terre, de neige et de verglas.

— C'est un pays épais et ses habitants sont aussi rudes et brutaux que leurs paysages. Le maire a recueilli les confidences d'un gendarme : ils reçoivent une moyenne de trente lettres de dénonciation par jour. Pour un bourg d'un peu plus de deux mille habitants. Des histoires de terrains, d'héritages, d'enfants illégitimes, de marché noir, d'inceste, le tout habillé des préoccupations du moment… On y arrive pourtant… Avant, ici, c'était une garderie honteuse. Le petit fugueur pouvait se retrouver voisin de lit de l'idiot le plus dangereux. On a isolé tout ceux qui pouvaient s'en sortir, comme l'a fait le docteur Ferdière, à Rodez, et je leur ai affecté les infirmières les plus maternelles, les plus aimantes… On n'a pas été assez vigilants avec les cuisines…

CHAPITRE 9

Avant de repartir sur les routes, Tosquelles
l'avait présentée aux deux infirmières chargées
de la trentaine d'enfants du Villaret, ces gamins
rejetés, délaissés, placés, quelquefois confiés par
les familles, jugés une fois pour toutes et voués au
lent étouffement de leur vie derrière les murs de
l'hôpital. Elle leur avait avoué qu'elle était à leur
entière disposition, armée de sa seule bonne
volonté. Madeleine, une toute jeune au visage
parsemé de taches de son, lui avait pris les mains.

— C'est l'essentiel. On en a sauvé beaucoup
depuis l'ouverture de l'école… Plusieurs
dizaines. On invente. En quelques mois, on leur
fait franchir deux, trois ans d'âge mental. Parfois
davantage. Ça les fait échapper à l'enfer. On en
revoit quelquefois dans les fermes, dans le village… Ce n'est pas devenu facile pour eux, mais
ils nous sourient… Ce que je te propose, c'est
que tu les occupes, que tu les tranquillises pendant que Sylvaine et moi nous travaillons avec

de petits groupes… Après on verra, au fur et à mesure…

Ils étaient entrés dans la salle, dans un bruit de sabots et de galoches. Elle avait tout d'abord essayé de leur lire des comptines sans que les mots ne parviennent à capter la moindre attention. Le silence s'était fait, bien plus tard, lorsqu'elle s'était mise à fredonner «La Chanson gitane», d'Annette Lajon, un de ces airs à la mode qu'elle apprenait par cœur, par dizaines, l'oreille collée au récepteur de radio:

> *Sur la route qui va, qui va, qui va,*
> *Et qui ne finit pas,*
> *Dans un bruit de chevaux*
> *Un buisson d'oripeaux,*
> *Je suis celle qui passe.*
> *Tant pis si mon cœur bat, tout bas, tout bas,*
> *Au rythme de mes pas…*

Elle avait pris deux enfants par la main, pour une ronde, la chaîne s'était formée pour suivre la cadence, quelques lèvres avaient dessiné les paroles…

Denise était revenue à pied sous une lumière pâle, en milieu d'après-midi, contournant le village par un chemin encaissé qui surplombait les bâtiments du service des hommes ainsi que le cimetière. Elle s'était approchée de l'enclos de pierres sèches. Sous les branches tordues d'arbres noueux, une trentaine de croix en bois, noircies par les intempéries, surgissaient de l'épais manteau de neige. Un petit groupe s'était rassemblé à droite de la porte. On se serrait autour d'une tombe ouverte dans la journée. Elle avait reconnu la silhouette maintenant familière de Bonnafé, celles de deux sœurs, de plusieurs patients et Marius l'infirmier, qui lisait lentement les phrases d'hommage posées sur un papier. Quelques cris, des pleurs avaient accompagné le moment où les fossoyeurs avaient fait glisser le cercueil de bois de pin au fond de la fosse à l'aide de leurs cordes. Denise s'était éloignée, sa marche scandée par le bruit régulier des pelletées de terre jetées sur une vie.

Lorsqu'elle était arrivée devant le portail ouvragé de la tour, un motocycliste casqué de cuir, au visage mangé par de grosses lunettes de route, mettait pied à terre. Jeanne était allée à la rencontre de l'inconnu pour échanger quelques mots et récupérer une grosse enveloppe en papier kraft entourée de ficelle. Les deux femmes avaient ensuite traversé la cour sous le regard fixe du bonhomme de neige. En arrivant sur le palier du premier, Jeanne avait tendu le paquet à Denise.

— Tiens, c'est pour Paul… Puisque tu montes, ça m'évitera la corvée des escaliers. Ça s'est bien passé au Villaret ?

— Disons que c'est assez compliqué… Je ne

sais pas trop ce que l'on attend de moi, mais les enfants avaient l'air d'être contents...

— C'est le principal... Ici, la loi s'établit en marchant et en rencontrant les autres...

Elle avait examiné l'enveloppe tout en grimpant jusqu'au troisième, constatant qu'elle ne portait pas d'adresse ni le moindre signe distinctif, avant de frapper à la porte du poète. Elle dut insister devant l'absence de réponse, attendit en comptant jusqu'à vingt, puis s'enhardit en saisissant la clenche qu'elle actionna. La chambre silencieuse baignait dans l'obscurité des rideaux tirés. Elle fit quelques pas sur la pointe des pieds, le courrier tendu au bout du bras pour atteindre le guéridon, et c'est à ce moment que son regard rencontra celui de Nusch.

Elle y lut une sorte d'invitation à venir la rejoindre alors que la jeune femme était nue, allongée sur un édredon, la hanche calée par un oreiller. Denise ne réalisa qu'une fraction de seconde plus tard, à l'instant où l'enveloppe touchait le meuble, qu'un autre corps se mêlait au sien. Elle se mit à reculer vers la porte, les yeux de Nusch toujours fixés sur les siens, rejoignit la salle commune à la recherche d'un peu de ce vin aigre d'Ispagnac qu'on servait le soir après la soupe. Le docteur Bonnafé l'avait trouvée là, une demi-heure plus tard, le verre à la main.

— Ils ont été aussi durs que ça avec vous ?

— Non, au contraire... J'avais besoin de me

réchauffer… Je vous ai vu en passant près du cimetière. C'était qui ? Un malade…

Il s'était servi un verre à son tour.

— Oui, Émilie, une vieille dame dont mon grand-père parle dans ses carnets. Elle aura passé près de quarante ans à Saint-Alban. Depuis toujours, pour les gens du coin, c'était le cimetière des oubliés… Pas de nom sur la croix, pas de cérémonie, pas de prière, et jamais de visites. Même pas de fleurs des champs, comme si ces morts ne valaient pas la peine qu'on se baisse pour les cueillir. Ils se contentaient de celles qui s'obstinent à pousser au milieu des orties et du chiendent… Aujourd'hui, on a essayé de réunir tous ceux qui ont connu Émilie, les voisines de dortoir, les soignants, et Marius, avec qui elle venait quelquefois travailler à l'atelier… La famille n'est pas venue…

Paul Éluard, collé à Nusch qu'il tenait par la taille, avait fait irruption dans la pièce, brandissant une revue non reliée dans sa main droite.

— Des nouvelles de nos amis suisses !

Tosquelles venait lui aussi d'arriver.

— Qu'est-ce qu'ils font ? Ils entrent enfin en guerre ?

Éluard avait souri.

— D'une certaine manière… Ils viennent de me faire passer les épreuves de *Messages 1943*, une anthologie de près de cinq cents pages que nous avons composée avec Jean Lescure… Les

manuscrits ont voyagé dans les valises diploma-
tiques depuis Vichy jusqu'à Genève ! Elle s'ouvre
sur un poème d'Aragon, « La Rose et le Réséda »,
et il y a Albert Camus, Jean-Paul Sartre, Henri
Michaux, Raymond Queneau, Francis Ponge,
Philippe Soupault… Toute la littérature française
est présente pour assumer l'honneur de l'insou-
mission !

Denise s'était levée pour effleurer l'imprimé
du bout des doigts.

— Vous pouvez nous lire un extrait de ce que
vous y avez écrit ?

Paul Éluard s'était légèrement incliné devant
elle avant de feuilleter la revue et de s'arrêter sur
l'un de ses poèmes.

— Le titre en est « L'Aube dissout les
monstres »…

Il avait posément empli ses poumons, les yeux
mi-clos :

Ils ignoraient
Que la beauté de l'homme est plus grande que l'homme
Ils vivaient pour penser ils pensaient pour se taire
Ils vivaient pour mourir ils étaient inutiles
Ils recouvraient leur innocence dans la mort

Lorsqu'il eut terminé, le silence s'installa.
Lucien Bonnafé finit par le briser.

— Je ne crois pas m'avancer en disant que
pour la prochaine publication nous n'aurons pas
besoin de risquer le passage de frontière. J'ai

établi le contact avec un imprimeur de Saint-Flour qui assure la fourniture du papier, la composition, l'impression et la reliure. On peut s'y rendre en ambulance sous couvert de consultations. Paul fera un malade tout à fait acceptable, et Denise une infirmière très convaincante.

CHAPITRE 10

Le lendemain après-midi, quand Denise était rentrée du Villaret, il régnait une atmosphère curieuse au château. Elle avait croisé deux sœurs dans les escaliers de la tour, un endroit qu'elles ne fréquentaient jamais en temps ordinaire. Elena l'avait prise à part pour lui expliquer qu'un maquisard grièvement blessé avait été amené dans le plus grand secret et que le chirurgien de l'hôpital tentait d'extraire la balle qu'il avait reçue en pleine poitrine lors d'un accrochage avec une patrouille allemande.

— Vous n'avez pas peur que les bonnes sœurs vous dénoncent?

François Tosquelles, qui passait dans le couloir, avait saisi ses paroles au vol.

— Elles ne nous dénonceront pas parce que, grâce à nous, elles sont devenues de vraies catholiques!

Denise avait haussé les épaules.

— Vous êtes bien sûr de vous...

— Je me suis aperçu, en Espagne, que la plupart des catholiques ne sont pas catholiques, que les religieuses croient l'être alors qu'elles ne sont que des fonctionnaires de l'Église. Une partie de notre rôle consiste à convertir les individus en ce qu'ils sont réellement, que ce ne soit pas simplement la façade, que ça corresponde à leur être, à leur moi idéal ! C'est ce qui leur arrive à nos sœurs de Saint-Alban... Elles sont reprises dans les mailles de la vraie vie. En soignant les blessés du maquis, elles se soignent elles aussi. Et c'est pareil avec les communistes...

Elena avait posé un doigt sur la bouche de son mari pour le faire taire, mais il était reparti de plus belle.

— Je n'ai rien contre le fait qu'on soit catholique ou communiste ! Je suis contre ceux qui se disent communistes et qui se comportent en fait comme des radicaux-socialistes ou des fonctionnaires du Parti... Éluard, Bonnafé, c'est encore différent... Ils éprouvent un sentiment de culpabilité à cause du lâchage de l'Espagne républicaine par la France. Si les ouvriers français avaient appuyé la République, s'ils avaient transformé le mouvement du Front populaire en mouvement révolutionnaire et non en revendication de départ en congés payés, l'histoire de l'Europe en aurait été toute différente. C'est pour ça que tout le monde veut m'aider, ça les soulage : « Mon pauvre Tosquelles, qu'est-ce que vous avez souffert… Il ne faut pas déprimer parce que vous avez perdu la guerre… » Je touche les dividendes de la culpabilité collective vis-à-vis de la révolution espagnole.

Denise avait fait un tour à la bibliothèque pour aménager un angle de la pièce en salon réservé à la consultation des journaux, des revues, des magazines qu'elle avait triés par thèmes et par années de publication. Un peu plus tard, elle avait rejoint la salle commune, dans l'ancienne buanderie, au rez-de-chaussée du pavillon des femmes. Les patients s'y retrouvaient après le travail dans les ateliers pour boire des tisanes, des sodas de fabrication locale ou participer à une partie de dames, de petits chevaux, de jeu de l'oie. Ils avaient également la possibilité d'acheter du savon, du rouge à lèvres, de l'eau de Cologne, du dentifrice, au moyen de jetons de l'asile de Saint-Alban, une monnaie locale inventée par Paul Balvet, l'ancien directeur.

Paul Éluard l'avait aperçue quand elle était entrée. Assis près de la table qui faisait office de bar, il lui avait discrètement fait signe d'approcher alors même qu'il était lancé dans une discussion animée avec une femme drapée dans un châle noir. Denise avait pris place près d'eux tandis qu'Éluard questionnait la malade.

— Votre père ne vous aidait pas ?

— Mon père me disait : « Tu es si animal qu'à ta place je me tuerais. » Vous savez que les enfants doivent obéissance à leurs parents ; alors, j'ai bu n'importe quoi, eau oxygénée, teinture d'iode… depuis lors j'ai toujours voulu mourir. Je m'aperçois que ma place n'est pas sur la Terre. Je suis incomprise. Maintenant, par exemple, je voudrais m'ouvrir les veines. Je cherchais toujours ma mère. Je m'étais mis dans la cervelle que ma mère n'était pas ma mère. Je l'ai compris le jour qu'une femme lui a dit : « C'est dommage que la petite soit bossue… » Ma mère lui a répondu : « Ce serait pire qu'il le soit le petit. » Il n'est pas normal qu'une mère préfère son fils à sa fille. Lorsque j'étais petite je rêvais d'être belle, la plus belle du monde, je voulais grandir : j'ai eu le mal de Pott à treize ans, j'ai été prédestinée, mon père était un coureur, aimait les femmes. Ma mère parlait mal de lui, le surveillait. Ils ont voulu divorcer et ma mère m'a demandé de dire au tribunal que je souhaitais rester avec elle. Une femme qui essaie d'opposer sa fille au mari est une mauvaise femme. Je vois le passé le présent et le futur tout ensemble, d'un coup. Vous ne pouvez pas comprendre !

Elle s'était levée brusquement pour s'éloigner à l'autre extrémité de la pièce en agitant sa mantille, tandis que le poète, songeur, allumait une cigarette. Denise s'était penchée vers lui.

— Pourquoi vous raconte-t-elle toutes ces choses ?

— Elle ne me les raconte pas, elle se les

raconte à elle-même, ce sont des enquêtes visant des images du désir… Ces univers, nous les avons prospectés, André Breton et moi, lorsque nous avons écrit *L'Immaculée Conception,* il y a une quinzaine d'années, en suivant les chemins ouverts par Lautréamont. Nous nous sommes substitués à des aliénés, éprouvant dans les mots les états de la débilité mentale, du délire d'interprétation, de la démence précoce, de la manie aiguë, de la paralysie générale… Nous étions alors en incursion dans l'empire des fous… C'est un monde dont j'ai toujours éprouvé le vertige, je me suis souvent tenu en équilibre instable au bord des gouffres…

— Comment cela ? Qu'est-ce que vous voulez dire ?

Il avait baissé la tête pour répondre tout en écrasant son mégot sous la semelle de sa chaussure.

— Personne ne se souvient que mon premier poème publié, c'était en janvier 1914 dans la revue provençale *Le Feu,* avait pour titre « Le fou parle ».

CHAPITRE 11

Il l'avait entraînée vers les remparts qui ceinturaient l'hospice, à l'abri du vent coupant, soulevant un pan de son long manteau pour le poser sur le dos, les épaules de la jeune femme. Au bout du chemin que traçaient les seules ornières dans l'immensité blanche, un paysan marchait à hauteur d'un cheval gris qui traînait un tombereau vide. Ils s'étaient arrêtés près d'un angle formé par la muraille. Éluard avait sorti un crayon puis un calepin de sa poche pour y noter des bribes de ce qu'il avait entendu quelques minutes plus tôt. Denise, toujours collée à lui, s'était hissée sur la pointe des pieds pour voir l'écriture se former sur le papier quadrillé.

— Ce qu'elle vous a dit... vous allez vous en servir pour composer un poème ?

— Je les écoute, les femmes surtout, et leurs mots s'enchaînent aux miens... J'ai le projet d'esquisser leurs portraits, d'évoquer cinq ou six destinées, mais je ne sais pas encore quelle forme cela prendra. J'ai également écouté les hommes, comme Aimable Jayet, sans que cela provoque en moi la même urgence que la parole des internées…

Il avait alors feuilleté son carnet à la recherche de notes plus anciennes.

— Voilà ce qu'il lance à la cantonade : « Vous les magiciens noirs, vous les capucins, vous avez les seins secs, vous ne pourrez pas allaiter, vous jouerez la fille de l'air… Dans dix ans, je serai crevé, je serai où le Grand-Père voudra bien me mettre, quand je dis Père, ça fait deux, ça fait la paire. On ne parlera plus de la terre, ce sera liquidé. La terre, c'est de l'air liquide qui se condense à mesure que la terre se refroidit… » C'est très fort mais j'ai le sentiment que cela se referme sur son propre objet, que je n'ai pas prise, alors que dans les phrases des femmes on heurte le mur du regret qui cerne leurs existences…

Denise s'était laissé aller contre son épaule.

— Vous avez toujours voulu être poète ? Ma question est peut-être idiote. N'y répondez pas si c'est le cas…

— En tout cas, elle est directe… J'écris depuis longtemps, depuis que j'ai fêté mes quatorze ans, ce qui fait qu'il m'arrive souvent d'avoir l'impression de me répéter… Je ne peux pourtant pas m'en empêcher. Disons que c'est le seul moyen que j'ai trouvé d'être libre…

Il avait glissé la main le long de son corps pour saisir le paquet de cigarettes, dans sa poche.

— C'est votre métier, c'est comme ça que vous vivez…

Il avait pris le temps de craquer une allumette avant de répondre.

— La poésie, un métier ? Non, je ne vais pas en poésie le matin comme on va au bureau… Je ne sais pas trop ce que c'est, une fonction peut-être… Je n'ai jamais eu de métier. J'ai longtemps vécu en acquérant des tableaux dont personne ne soupçonnait la beauté et en les revendant lorsque les regards s'étaient faits non à la nou-veauté mais à la novation… C'est une sorte de don qui ne s'exerce qu'en temps de paix… Sinon, mes sujets ne cessent de changer, suivant l'heure et le temps qu'il fait, mais l'écho qu'ils trouvent en moi est toujours sensiblement le même…

— Vos sujets ? Je croyais que vous n'en aviez qu'un…

— Ah oui, et lequel ?

— Les femmes, l'amour…

Il avait fermé les yeux, les lèvres serrées autour de la cigarette.

— L'amour, les femmes, la nature, mes aven-tures intimes et, de plus en plus souvent, les faits extérieurs que l'histoire nous impose : je suis devant eux bousculé par des réactions qui peuvent paraître profondes ou puériles. Je n'y peux rien, et de plus, je suis mauvais juge. Le poète fait ce qu'il peut et non ce qu'il veut. Ma poésie a pris le maquis bien avant que je ne sois contraint de passer dans la clandestinité. J'ai longtemps joué avec les mots... Il a fallu tout perdre, ne plus jouer, justement, pour atteindre à la vérité qui est devenue notre seul bien. J'ai eu besoin de tout ce temps pour comprendre que la poésie était le premier des arts à porter sens. Et pour porter sens, elle n'a d'autre choix que d'être sincère. Vous avez entendu parler de Lucien Legros ?

— Ça me dit vaguement quelque chose...

— Je travaille à un texte pour honorer sa mémoire, et j'ai déjà écrit les trois derniers vers qui entrent en résonance avec ce que je viens de vous dire :

> *Je dis ce que je vois*
> *Ce que je sais*
> *Ce qui est vrai.*

— Il a été fusillé, c'est ça ?

— Oui, le 8 février 1943 au stand de tir de Balard, à Paris, à l'âge de dix-huit ans. C'était un ami. Son corps a été jeté dans la fosse commune avec ceux de ses quatre camarades du lycée Buffon. Peintre, musicien, il a pris les armes pour que l'art triomphe de la mort. Sachant que tout était écrit d'avance, il a proclamé très haut ses convictions devant le tribunal allemand auquel la police française l'avait livré. Condamné à mort, il s'est vu gracier par Goering. Mais quelques jours plus tard, son nom a été porté sur la liste des otages. L'Allemagne s'était ainsi montrée généreuse et impitoyable.

Ils étaient rentrés quand Nusch avait appelé « Paul » depuis la fenêtre de la tour ouverte sur l'obscurité naissante.

CHAPITRE 12

Le blessé avait succombé dans la nuit. Tous les habitants de la Tour et plusieurs sœurs de Saint-Régis étaient descendus pour lui rendre hommage dans le cimetière des fous. Sa dépouille avait été enfouie sous une croix anonyme tandis que l'assistance fredonnait en sourdine « Le Chant des partisans ».

Le lendemain, alors que l'hôpital était encore pris par les brouillards, monsieur Buffière, le maire de Saint-Alban, était venu frapper à la grande porte. Cela faisait des mois qu'il fournissait des papiers, des attestations, aux réfugiés les plus fragiles. Il y avait eu des alertes comme cette fois où un infirmier mécontent s'était répandu dans le café du bas, hurlant que l'hospice était un repaire de Juifs et de bolcheviques. S'il s'était déplacé, c'est que la menace se faisait pressante. Quand tout le monde avait été rassemblé dans la pièce où flottait maintenant l'odeur de l'orge

grillée, il avait posé sur la table une feuille cou-
verte d'une écriture assurée.

« Asile psychiatrique de St Alban

Docteur Toscalès, aurait une influence des
plus néfastes sur le personnel de cet hôpital.
Tendances nettement révolutionnaires et antinationales. Bon praticien a toute la confiance et
l'estime de la direction de l'Asile.

Reconstitution CGT et menées antinationales
voire même communistes.

Pic Jean, Bonnet, Robert, Kayzac, Soulier
Jean, Constant Jean.

Tous ces hommes, employés à l'Asile de
St Alban, auraient une action des plus louches
parmi le personnel. Ils auraient notamment fait
pression sur Mlle Marie Favier, pour l'empêcher
de s'inscrire aux Volontaires de la Révolution
Nationale. (Renseignements fournis avec les
réserves qui s'imposent.) »

Lucien Bonnafé s'était saisi de la cafetière
pour remplir les verres et les tasses.

— Elle vient d'où cette note ?

— De Mende. Elle a été adressée la semaine
dernière à Rispoli, le commissaire des Renseignements généraux. D'après les informations
dont je dispose, le docteur Tosquelles a été porté
sur la liste « S », en surveillance renforcée, et vous
êtes vous-même accusé de donner une éducation

perverse aux enfants placés sous votre responsabilité.

— Venant de ces gens, c'est un compliment…

Nusch Éluard s'était dégagée des bras de Paul
pour s'avancer au centre de la pièce.

— Qu'est-ce qu'ils comptent faire, d'après
vous, monsieur le maire ? Une rafle, une perqui-
sition ?

— Non, je ne le pense pas. Vous ne représen-
tez pas un gros danger pour eux. Ils ont trop à
faire avec les maquis qui grossissent dans le sec-
teur du mont Mouchet, de la Truyère et du
Lioran… On nous a signalé l'arrivée de détache-
ments russes à Rodez, des volontaires azerbaïd-
janais de la Wehrmacht. Cela ne signifie pas que
tout danger soit écarté. Ils vont envoyer une
équipe d'inspection de la direction de la Santé,
mais ça veut dire qu'ils vous ont à l'œil… Il va
falloir redoubler de prudence.

Le froid n'avait cessé de s'accentuer tout au
long de la journée, décourageant jusqu'aux cor-
beaux de prendre leur envol. Ils restaient immo-
biles sur leurs arbres décharnés, taches sombres
sur un ciel plombé. Malgré le coup de semonce
du matin, Lucien Bonnafé avait décidé de main-
tenir le déplacement prévu à Saint-Flour en fin
de journée. Il avait établi un formulaire de transfert au nom d'Eugène Grindel ainsi qu'un ordre
de mission pour l'infirmière qui devait le secon-
der. Paul Éluard s'était allongé sur la banquette

du fourgon tandis que Denise vêtue d'une blouse blanche sur laquelle elle avait passé une cape de soignante s'était assise à ses côtés. Avant de mettre le moteur du gazogène en marche, Bonnafé avait fait glisser la fenêtre qui séparait la cabine de l'arrière du véhicule.

— Tout est en règle, mais si jamais on tombe sur un barrage il vaut mieux en rajouter…

Paul Éluard s'était redressé.

— Qu'est-ce que je dois faire ?

— Tu joues la comédie ! J'ai mis un sachet de bicarbonate de soude sous l'oreiller, à droite. En cas de contrôle, tu te le verses dans la bouche sans l'avaler, et avec la salive tu t'arranges pour que ça coule des commissures. Tu remues la tête en gémissant pour simuler une crise. Pendant ce temps-là, Denise sortira une piqûre. Effet garanti…

Ils avaient couvert sans encombre la cinquantaine de kilomètres qui les séparait de Saint-Flour, traversant une nature figée dans laquelle des villages à demi ruinés s'appuyaient sur les horizons appauvris des Causses. Tout au long du trajet, Bonnafé avait forcé la voix pour couvrir le ronronnement du moteur.

— L'imprimeur était affilié au groupe Franc-Tireur, et c'est maintenant l'un des responsables départementaux des Mouvements unis de la Résistance. Sa spécialité, c'est la fabrication de veufs…

Éluard avait failli s'étouffer en tirant sur sa cigarette.

— Tu plaisantes ?

— Pas le moins du monde ! L'année dernière, Pétain a signé un accord avec le Reich qui prévoit le rapatriement de tous les prisonniers français veufs et pères d'au moins trois enfants. Il fallait donc fabriquer des veufs et des enfants ! Amarger, c'est le nom de notre imprimeur, s'y est attelé. Faux actes de mariage, faux actes de naissance, faux actes de décès, le tout agrafé aux dossiers officiels de rapatriement avec leurs alignements de faux tampons et de fausses signatures... Le plus difficile consistait à prévenir les prisonniers, dans leurs stalags, qui ne comprenaient pas ce qui leur arrivait. Imagine un peu la tête d'un célibataire endurci qui apprend coup sur coup que sa femme vient de mourir et qu'elle lui laisse trois mioches sur les bras ! En tout, il en a fait libérer une cinquantaine sur tout le département de la Lozère, dont un Saint-Albanais que j'ai embauché comme infirmier à l'hôpital... Il touche une pension de famille nombreuse en plus de son salaire...

L'imprimerie Amarger occupait le rez-de-chaussée d'une des premières maisons de l'étroite rue de la Frauze, dans la ville haute, près de la place de l'Évêché, où ils s'étaient garés. René Amarger avait levé le rideau de fer au signal convenu et ils étaient entrés dans l'atelier où trônaient deux presses typo, une vieille Marinoni et une Minerve, entourées de formes serrées par des ficelles, de boîtes d'encre, de ramettes de papier, de casses rangées par polices.

Paul Éluard, frigorifié, s'était placé dos au poêle après avoir serré la main de l'imprimeur et celles de ses quatre ouvriers, Imbert, Chauliac, Anglarès et Molinier. Il avait attendu que la chaleur gagne son corps avant de sortir un long poème de la poche intérieure de son manteau.

— J'ai choisi comme titre *Les Sept Poèmes d'amour en guerre...* Je les ai écrits ces derniers jours à Saint-Alban, et je voudrais qu'ils soient signés Jean du Haut avec comme mention d'éditeur « Bibliothèque française »... Vous disposez de quelle sorte de papier ?

— Pour le moment, c'est de l'anglais ordinaire qui nous vient d'un parachutage... On imprime en quelle couleur ?

Éluard avait souligné le titre d'un trait de crayon.

— Le titre en rouge, en milieu de première page, tout le reste en noir. S'il était possible de dénicher un peu de vélin d'Arches ou de Canson, vous pourriez faire un tirage de tête d'une trentaine d'exemplaires. Il existe quelques amateurs fortunés qui financeront l'opération par leurs achats... Je vous indiquerai la manière de les contacter.

L'un des typographes s'était emparé du texte

écrit de la main du poète, et il composait déjà les vers en prélevant les lettres une à une dans leurs cassetins :

> *Il nous faut drainer la colère*
> *Et faire se lever le fer*
> *Pour préserver l'image haute*
> *Des innocents partout traqués*
> *Et qui partout vont triompher.*

Pendant que les machines claquaient en cadence sur le papier vierge, Lucien Bonnafé faisait sécher les filtres du gazogène sur les tuyaux brûlants du poêle en prévision du voyage du retour vers Saint-Alban, tandis que quelques jeunes gens sillonnaient les rues à l'affût des patrouilles. Au petit matin, la majeure partie du tirage prendrait le train de Paris, dissimulée au fond de cageots, recouverte de légumes par les cheminots résistants de la gare de Saint-Flour.

CHAPITRE 13

Denise avait plié l'une des premières feuilles tombées dans la recette de la presse typo, avant de la glisser dans sa poche de blouse. Elle avait lu et relu le texte pendant la nuit dans sa chambre du haut de la tour, interrogeant les deux phrases que son voisin de palier avait tenu à placer en exergue, et dans lesquelles un énigmatique François la Colère superposait l'image de l'asile à celle de la France occupée :

J'écris dans ce pays où l'on parque les hommes
Dans l'ordure et la soif, le silence et la faim...

En descendant dans la salle commune, elle avait eu la surprise de tomber nez à nez avec un malade du nom de Vérels en discussion avec un inconnu que le docteur Tosquelles lui avait présenté comme étant un hématologiste catalan, Llambias, réfugié dans une pharmacie de Marvejols. Vérels, qui partageait nuit et jour le sort des fous dans le pavillon des hommes, cachait en réalité le professeur Bardach de l'Institut Pasteur, un Juif ukrainien qui menait des expérimentations sur « le cancer et le système réticulo-endothélial » dans le laboratoire de biologie aménagé au cœur de l'hôpital de Saint-Alban.

Dans un coin de la pièce, Lucien Bonnafé donnait des instructions à une employée de l'administration afin qu'elle modifie plusieurs dossiers de malades en passe d'être envoyés aux Services de la santé, à Mende.

— Vous voyez avec le docteur Rivoire afin qu'il établisse des diagnostics de tuberculose pulmonaire. Je lui en ai parlé. Ils les font mourir de faim, ils organisent la disette, mais ils paniquent à la seule pensée du déclenchement d'une épidémie qui les menacerait... La tuberculose, c'est l'assurance d'avoir une augmentation des rations caloriques d'un quart ! Vous me les donnez à signer ce soir pour qu'il soit bien clair que j'en prends toute la responsabilité...

Par la fenêtre, elle avait aperçu Nusch courant sur le chemin, au-delà de l'enceinte, les cheveux pris dans un bonnet multicolore. La jeune femme s'était soudain baissée pour ramasser de la neige à mains nues et l'envoyer en une boule compacte en direction du chapeau de Paul Éluard, un geste immortalisé par Jacques Matarasso qui se tenait à quelques mètres de là, l'œil collé au viseur de son appareil photo.

Denise était allée à pied au Villaret, accueillie par les cris de joie de plusieurs des enfants dont elle s'occupait. Quatre d'entre eux, dont elle avait pu s'assurer de la maturité, s'étaient vus promus au rang de « grands frères » ou de « grandes sœurs ». Ils devaient s'occuper de plus petits, de plus perdus qu'eux. Il ne lui avait fallu que quelques heures, alors qu'ils fabriquaient un puzzle géant avec des morceaux de carton peints de couleurs vives, pour constater combien cette relation apportait à celui qui était entouré comme à celui qui protégeait.

L'un des paysans qui s'occupaient de la ferme de l'hospice l'avait ramenée en charrette jusqu'au village, à deux pas de l'église. Il ne lui restait plus que la rue de l'Hôpital à gravir contre le vent. Elle s'était arrêtée près de la porte des cuisines, intriguée par le manège d'un homme assez petit, vêtu d'une sorte de lourd blouson, le crâne couvert par une casquette agrémentée de décorations, d'un éléphant miniature, qui plongeait les bras dans les poubelles, sortant de la masse des ordures quelques détritus qu'il disposait à ses pieds. Lorsqu'elle avait voulu s'approcher, Paul Éluard, assis en retrait sur le muret, lui avait fait signe de ne pas déranger l'inconnu. Denise avait pris place près du poète.

— Qu'est-ce qu'il fait ?

— Aussi bizarre que cela puisse paraître, nous sommes dans l'atelier du peintre… J'ai passé une partie de la journée à l'écouter, à le regarder déambuler, travailler… C'est vraiment fascinant. Tosquelles et Bonnafé m'ont fourni quelques clés à propos du personnage, mais elles n'ouvrent sur aucun secret. Tout est là devant nos yeux…

— Je ne vois rien d'autre qu'un pauvre homme qui fouille les poubelles à la recherche de nourriture…

Il s'était penché vers ses mains jointes en forme de coquille pour gratter une allumette et approcher de la flamme la cigarette fichée entre ses lèvres.

— Pas de nourriture, ou alors pour l'esprit… Non, il cherche du matériel… Du bois, de la ficelle, du métal, des os de boucherie…

— Et qu'est-ce qu'il en fait ?

Éluard avait réajusté son chapeau sur sa tête, relevé le col de son manteau.

— Des jouets, des statues, des sculptures… Il réinvente un monde à partir de tout ce que rejette celui dans lequel nous vivons… Je suis allé dans l'atelier qu'il s'est aménagé dans le couloir qui fait communiquer la cour intérieure et l'arrière-cuisine. Il a bricolé un établi sur lequel sont posés ses outils. Il en a fabriqué lui-même la plupart : des couteaux, un ciseau à bois, une sorte de râpe, des clous tordus… C'est là qu'il passe la majeure partie de son temps, à produire les mêmes motifs en série : des crêtes, des ailes, des mains, des bras, des formes uniquement décoratives... Puis il les assemble au gré de son imagination, de ses envies. J'ai pu voir plusieurs de ses réalisations offertes aux médecins, aux infirmiers, aux enfants du personnel. Il y a des meubles en réduction, des animaux hybrides mi-loups, mi-poissons dotés d'ailes d'oiseaux, des monstres inspirés par la bête du Gévaudan, des militaires en tenue, des rois flamboyants, des bateaux, des maisons refuges, des hommes à bec d'oiseau... On m'a dit qu'il existait également plusieurs cahiers de dessins, plus anciens... De temps en temps, il s'installe près de la grande porte du château, sur le chemin qu'empruntent les paysans, les commerçants pour venir au marché. Il échange ses productions contre de la nourriture, du tabac, du chocolat, un peu d'argent. Il en offre aussi, seulement aux enfants...

Denise, mise en confiance, avait soutenu son regard.

— Vous en parlez vraiment bien, on dirait que vous le connaissez depuis longtemps...

— Vous savez bien que non... Il y a longtemps que je m'intéresse à l'art psychopathologique. C'est un ami, Max Ernst, qui m'y a initié, il y a plus de vingt ans, en m'offrant le livre d'un psychiatre allemand, Hans Prinzhorn. J'en ai encore le titre en tête : *Expressions de la folie*... André Breton aussi y prêtait beaucoup d'attention... La collection de Prinzhorn a fait partie de l'exposition d'art dégénéré organisée par les nazis à Munich, en 1937... Il fallait être aveugle pour ne rien voir.

— Il s'appelle comment ?

— Qui ?

— Le sculpteur avec sa drôle de casquette...

— Forestier, évidemment, puisqu'il travaille le bois... Lucien Bonnafé se souvient avoir joué enfant avec des avions fabriqués par Forestier, quand il venait en vacances à l'hospice de Saint-Alban qu'a dirigé son grand-père, Dubuisson, pendant la Grande Guerre... C'est une personnalité vraiment singulière, une sorte de fou voyageur...

— S'il est ici depuis près de trente ans, ce serait plutôt un voyageur immobile...

Ils avaient marqué un temps d'arrêt lorsque le sculpteur s'était baissé pour ramasser sa récolte et la porter vers son antre.

— Maintenant oui, mais il a beaucoup marché avant d'être interné définitivement, en juin 1914. Il est né en Lozère, à Naussac, un pays de pèlerins qui arpentent depuis des siècles les chemins de Compostelle... C'est la génération qui a vu l'arrivée des premiers trains dans les campagnes, l'invention de l'automobile, de l'aviation... Ils sont beaucoup à avoir pris la route, en Italie, en Allemagne, en France. Le plus célèbre d'entre eux était de Bordeaux. Il partait droit devant lui, sur un coup de tête. On l'a retrouvé jusqu'en

Algérie. Le plus curieux, c'est qu'il s'appelait Albert Dadas, comme le mouvement auquel nous appartenions Tzara, Picabia, Aragon, Soupault, Breton et moi…

— Forestier, on ne l'a tout de même pas placé ici pour simple vagabondage !

— C'est arrivé à beaucoup d'autres, mais pas à lui. Il a été enfermé pour avoir placé un tas de pierres sur les voies, près de son village natal, et provoqué le déraillement d'un train. Il s'est défendu en disant qu'il voulait simplement voir l'acier des roues écraser les cailloux.

CHAPITRE 14

Au cours des jours qui suivirent, Denise avait placé ses pas dans ceux du poète pour aller à la rencontre de ces êtres singuliers que la société ne voulait pas entendre, qu'elle voulait empêcher d'émettre d'insupportables vérités. Elle avait croisé des femmes de craie, des femmes de suie à la recherche des clefs d'or de l'espace interdit, d'autres dont les longs charrois de nuit et d'aube, à petit feu, avaient dégradé le corps, dévasté le cœur… Elle avait interrogé le regard, pourri par des flots de tristesse, d'une ancêtre qui donnait aux rats la fin de sa vieillesse, qui ne parlait plus, qui ne mangeait plus. Une fille de rien aussi, sortie de la nuit noire par une étoile dérobée pour commander qu'on l'aime à jamais. Une reine, bien plus tard, aux os calcinés, à la couronne brisée, dont l'innocence faisait peur aux enfants…

Puis ils étaient entrés dans l'enclos de pierre parsemé de croix anonymes, balayé par le vent

de la Margeride qui allait porter loin ces mots
qu'Éluard murmurait pour la première fois :

> *Ce cimetière enfanté par la lune*
> *Entre deux vagues de ciel noir*
> *Ce cimetière archipel de mémoire*
> *Vit de vents fous et d'esprits en ruine*
>
> *Trois cents tombeaux réglés de terre nue*
> *Pour trois cents morts masqués de terre*
> *Des croix sans nom corps du mystère*
> *La terre éteinte et l'homme disparu*
>
> *Les inconnus sont sortis de prison*
> *Coiffés d'absence et déchaussés*
> *N'ayant plus rien à espérer*
> *Les inconnus sont morts dans la prison*
>
> *Leur cimetière est un lieu sans raison.*

LUCIEN BONNAFÉ (1912-2003) étudie la médecine à Toulouse, où il croise l'épopée du cinéma d'avant-garde et l'aventure surréaliste. Militant communiste, il est membre de la direction du Front national des médecins dès 1941 et met au point la première action d'assistance médicale lors d'un acte de résistance. Médecin-directeur de l'hôpital de Saint-Alban en 1943, il anime la Société du Gévaudan, qui jette les bases d'une critique radicale des institutions d'aliénés. Parallèlement, il transforme l'institution en lieu d'asile pour les résistants pourchassés, les Juifs traqués. Il participe aux combats du mont Mouchet contre les troupes allemandes sous le nom de guerre de Sylvain Forestier, rendant ainsi hommage au dessinateur et sculpteur Auguste Forestier, dont l'œuvre fut découverte et encouragée par son grand-père, Maxime Dubuisson. Il ne cesse de combattre pour que la lumière soit faite sur la mort de 40 000 malades mentaux internés dans les hôpitaux psychiatriques français, victimes de l'« extermination douce », imputable aux directives sanitaires du régime de Vichy.

FRANÇOIS TOSQUELLES (1912-1994). Psychiatre catalan, républicain marxiste et libertaire, il est condamné à mort par Franco et interné dans un camp de concentration français. Transféré à Saint-Alban comme infirmier, il devra recommencer toute sa formation en France. Il est un des éléments essentiels de la transformation de cet hôpital, s'appuyant sur les travaux de Hermann Simon, pour lequel un établissement psychiatrique est un organisme malade qu'il faut constamment soigner. Considéré comme l'un des concepteurs de la psychothérapie institutionnelle, il a fortement influencé Jean Oury, Félix Guattari ou Henri et Madeleine Vermorel.

PAUL ÉLUARD (1895-1952). Lors de son séjour de quatre mois à l'hôpital de Saint-Alban en compagnie de son épouse Nusch, Paul Éluard crée les éditions clandestines de la Bibliothèque française imprimées sur les presses de René Amarger à Saint-Flour. Il côtoie plusieurs patients qui s'expriment au moyen de la peinture, du tissage, de la sculpture, comme Aimable Jayet, Clément Fraisse et surtout Auguste Forestier, dont il acquiert plusieurs œuvres parmi lesquelles « Le Roi fou », « La Bête du Gévaudan » et un « Homme-coq ». Il offre certaines de ses trouvailles à Raymond Queneau, Picasso et Dora Maar. Jean Dubuffet découvrira le travail d'Auguste Forestier lors d'une visite chez Paul Éluard, à Paris, à la fin du printemps 1944. Le concept d'art brut n'allait pas tarder à émerger.

Denise Glaser (1920-1983). Fille unique de commerçants juifs d'Arras, à l'enseigne de La Maison bleue, elle se replie à Clermont-Ferrand quand le magasin familial est aryanisé. Elle noue une relation avec son professeur de philosophie, Dominique Desanti, qui l'intègre dans un réseau de résistance, le Mouvement national contre le racisme, dont l'une des principales activités consiste à organiser l'accueil d'enfants persécutés. Pourchassée, elle trouve refuge à Saint-Alban, où elle s'occupe des enfants du Villaret. Après guerre, Jean-Toussaint Desanti la présente à Frédéric Rossif, et elle participe à l'aventure de la naissance de la télévision. En 1959, elle crée « Discorama », émission devenue mythique, où elle interviewera tous les talents de la scène musicale, Brel, Brassens, Ferré, Gainsbourg, Barbara, mais aussi Xénakis, Miriam Makeba ou les étoiles montantes du rock. Elle s'attire les foudres du pouvoir gaulliste en 1963, en programmant « Nuit et brouillard » de Jean Ferrat, chanson alors mise à l'index. Gréviste en 1968, licenciée en 1974, elle finit sa vie dans la misère.

RÉFÉRENCES BIBLIOGRAPHIQUES

Plusieurs poèmes, ou extraits de poèmes, sont cités par Didier Daeninckx dans cet ouvrage.

En voici les références :

Paul Éluard

Extraits du poème « Liberté » (p. 56-57)
   Poésie et vérité 1942, Éditions de la Main à plume, 1942. Réédition *Au rendez-vous allemand*, © Les Éditions de Minuit, 1945, 2012.
Extrait de « L'Aube dissout les monstres » (p. 76)
   Le lit la table, Éditions des Trois Collines, 1944. Réédition *Œuvres complètes*, Tome I, Bibliothèque de la Pléiade, © Gallimard, 1968.
Extrait de « Les sept poèmes d'amour en guerre » (p. 96)
   Bibliothèque française, 1943. Réédition *Au rendez-vous allemand*, © Les Éditions de Minuit, 1945, 2012.
« Le Cimetière des fous » (p. 108)
   Message, 1944. Réédition *Œuvres complètes*, Tome II, Bibliothèque de la Pléiade, © Gallimard, 1968.

Texte repris dans *Souvenirs de la maison des fous,*
Seghers, 2012.

Robert Desnos

Extrait du poème « J'ai tant rêvé de toi » (p. 43), in
Corps et biens, © Gallimard, 1930, 1968.

REMERCIEMENTS

L'auteur remercie Christophe Boulanger, attaché de conservation en charge de la collection d'art brut du musée d'Art moderne Lille métropole.

L'auteur remercie également Florian Sidobre, Marion Rochet et Élise Le Coguic, pour leurs travaux menés dans les universités de Montpellier, Saint-Étienne et Nanterre sur l'hôpital de Saint-Alban-sur-Limagnole, ainsi qu'Annie Weidknnet pour ses lumières sur les ciné-clubs toulousains des années 1930.

DU MÊME AUTEUR

Aux Éditions Gallimard

RACONTEUR D'HISTOIRES, *nouvelles* (Folio n° 4112).

CEINTURE ROUGE précédé de CORVÉE DE BOIS. Textes extraits de *Raconteur d'histoires* (Folio 2 € n° 4146).

ITINÉRAIRE D'UN SALAUD ORDINAIRE (Folio n° 4603).

CAMARADES DE CLASSE (Folio n° 4982).

PETIT ÉLOGE DES FAITS DIVERS (Folio 2 € n° 4788).

GALADIO (Folio n° 5280).

MÉMOIRE NOIRE (Folio Policier n° 594).

LE BANQUET DES AFFAMÉS (Folio n° 5646).

CORVÉE DE BOIS, en collaboration avec TIGNOUS (Folio n° 6038).

MISSAK, réédition (Folio n° 6447).

Dans la collection « Blanche »

ARTANA ! ARTANA !

Dans la collection « Série Noire »

MEURTRES POUR MÉMOIRE, *n° 1945* (Folio Policier n° 15). Grand Prix de la littérature policière 1984 ; prix Paul Vaillant-Couturier 1984.

LE GÉANT INACHEVÉ, *n° 1956* (Folio Policier n° 71). Prix 813 du roman noir 1983.

LE DER DES DERS, *n° 1986* (Folio Policier n° 59).

MÉTROPOLICE, *n° 2009* (Folio Policier n° 86).

LE BOURREAU ET SON DOUBLE, *n° 2061* (Folio Policier n° 42).

LUMIÈRE NOIRE, *n° 2109* (Folio Policier n° 65).

12, RUE MECKERT, *n° 2621* (Folio Policier n° 299).

JE TUE IL..., *n° 2694* (Folio Policier n° 403).

Aux Éditions Verdier

AUTRES LIEUX (repris avec *Main courante* dans Folio n° 4222).

MAIN COURANTE (repris avec *Autres lieux* dans Folio n° 4222).

LES FIGURANTS (repris avec *Cités perdues* dans Folio n° 5024).

LE GOÛT DE LA VÉRITÉ.

CANNIBALE (Folio n° 3290).

LA REPENTIE (Folio Policier n° 203).

LE DERNIER GUÉRILLERO (Folio n° 4287).

LA MORT EN DÉDICACE (Folio n° 4828).

LE RETOUR D'ATAÏ (Folio n° 4329).

CITÉS PERDUES (repris avec *Les figurants* dans Folio n° 5024).

HISTOIRE ET FAUX-SEMBLANTS (Folio n° 5107).

RUE DES DEGRÉS (Folio n° 5373).

RETOUR À BÉZIERS : RÉCIT.

Aux Éditions Julliard

HORS-LIMITES (Folio n° 3205).

Aux Éditions Baleine

NAZIS DANS LE MÉTRO (Folio Policier n° 446).

ÉTHIQUE EN TOC (Folio Policier n° 586).

LA ROUTE DU ROM (Folio Policier n° 375).

Aux Éditions Hoëbeke

À NOUS LA VIE ! *Photographies de Willy Ronis.*

BELLEVILLE-MÉNILMONTANT. *Photographies de Willy Ronis.*

LA PUB EST DÉCLARÉE.

L'ÉCOLE DES COLONIES.

Aux Éditions Parole d'Aube

ÉCRIRE EN CONTRE, *entretiens.*

Aux Éditions du Cherche-Midi

LA MÉMOIRE LONGUE.

L'ESPOIR EN CONTREBANDE (Folio n° 5689). Prix Goncourt de la nouvelle 2012.

LE TABLEAU PAPOU DE PORT-VILA, *dessins de Joé Pinelli*, 2014.

NOVELLAS (Tome 1).

NOVELLAS (Tome 2).

NOVELLAS (Tome 3).

Aux Éditions Actes Sud

JAURÈS : NON À LA GUERRE !

Aux Éditions de l'Atelier

L'AFFRANCHIE DU PÉRIPHÉRIQUE.

Aux Éditions du Temps des noyaux

LA RUMEUR D'AUBERVILLIERS.

Aux Éditions Eden

LES CORPS RÂLENT.

Aux Éditions Syros

LA FÊTE DES MÈRES.

LE CHAT DE TIGALI.

Aux Éditions Flammarion

LA PAPILLONNE DE TOUTES LES COULEURS.

Aux Éditions Rue du Monde

IL FAUT DÉSOBÉIR. *Dessins de PEF.*

UN VIOLON DANS LA NUIT. *Dessins de PEF.*

VIVA LA LIBERTÉ. *Dessins de PEF.*

L'ENFANT DU ZOO. *Dessins de Laurent Corvaisier.*

MISSAK, L'ENFANT DE L'AFFICHE ROUGE. *Dessins de Laurent Corvaisier.*

NOS ANCÊTRES LES PYGMÉES. *Dessins de Jacques Ferrandez.*

LE MAÎTRE EST UN CLANDESTIN. *Dessins de Jacques Ferrandez.*

LOUISE DU TEMPS DES CERISES : 1871, LA COMMUNE DE PARIS. *Dessins de Mako.*

MAUDITE SOIT LA GUERRE. *Dessins de PEF.*

PAPA, POURQUOI T'AS VOTÉ HITLER ? *Dessins de PEF.*

Aux Éditions Casterman

LE DER DES DERS. *Dessins de Tardi.*

DERNIÈRE SORTIE AVANT L'AUTOROUTE. *Dessins de Mako.*

LA DIFFÉRENCE. *Dessins de Mako.*

LA CHUTE D'UN ANGE. *Dessins de Mako.*

Aux Éditions l'Association

VARLOT SOLDAT. *Dessins de Tardi.*

Aux Éditions Bérénice

LA PAGE CORNÉE. *Dessins de Mako.*

Aux Éditions Hors Collection

HORS LIMITES. *Dessins d'Asaf Hanuka.*

Aux Éditions EP

CARTON JAUNE ! *Dessins et couleurs d'Asaf Hanuka.*
LE TRAIN DES OUBLIÉS. *Dessins de Mako.*
CANNIBALE. *Dessins d'Emmanuel Reuzé.*
TEXAS EXIL. *Dessins de Mako.*
LE RETOUR D'ATAÏ. *Dessins d'Emmanuel Reuzé.*
MATIN DE CANICULE. *Dessins de Mako.*

Aux Éditions Terre de Brume

LE CRIME DE SAINTE-ADRESSE. *Photos de Cyrille Derouineau.*
LES BARAQUES DU GLOBE. *Dessins de Didier Collobert.*

Aux Éditions Nuit Myrtide

AIR CONDITIONNÉ. *Dessins de Mako.*

Aux Éditions Imbroglio

LEVÉE D'ÉCROU. *Dessins de Mako.*

Aux Éditions Privat

GENS DU RAIL. *Photos de Georges Bartoli.*

Aux Éditions Oskar jeunesse

AVEC LE GROUPE MANOUCHIAN : LES IMMIGRÉS
DANS LA RÉSISTANCE.
LA PRISONNIÈRE DU DJEBEL.
MORTEL SMARTPHONE.

Aux Éditions ad libris

OCTOBRE NOIR. *Dessins de Mako.*
LA MAIN ROUGE. *Dessins de Mako.*

Composition: IGS-CP à L'Isle-d'Espagnac (16)
Acheve d'imprimer par Novoprint
le 10 février 2020
Dépôt légal : février 2020
Premier dépôt légal dans la collection : janvier 2017

ISBN 978-2-07-270440-6 / Imprimé en Espagne